외투 · 코

고골 단편선

외투·코

고골 단편선

니콜라이 바실리예비치 고골 지음 | 오정석 옮김

더클래식

차례

외투

어느 관청에…… 아니, 어느 관청인지는 밝히지 않는 편이 나을 것 같다. 어느 부처, 어느 연대, 어느 지청을 막론하고, 한마디로 관리란 족속들처럼 화를 잘 내는 친구들도 없다. 요즘 세상에는 누구나 자기 한 개인이 느끼는 모욕을 마치 사회 전체 구성원에 대한 모욕으로 오해하는 경향이 있다. 바로 얼마 전에도, 어느 도시인지 이름은 잊었지만, 하여튼 어느 도시의 경찰서장이 상부에 진정서를 제출한 적이 있었다. 그는 그 진정서에서, 지금 국가의 법치 질서가 땅에 떨어지고 있으며, 자기의 신성한 직책마저도 번번이 모욕당하고 있다는 사실을 명쾌하게 기록했다고 한다.

또한, 그는 자기의 주장이 사실이라는 것을 입증하기 위해 방대한 분량의 장편소설 하나를 참조문서라는 이름으로 그 진정서에 첨부하여 제출했다. 그 이유는, 장편소설에는 거의 10페이지마다 경찰서장이라는 인물이 등장하는데, 그 인물을 곤드레만드레 술에 만취한 모습으로 묘사하는 대목이 여러 군데에서 발견된다는 것이었다. 그래서 이런 불쾌한 일이 생기는 것을 피하기 위해서 가능한 한 여기서는 화제에 오른 관청 이름도 그저 '어떤 관청'이라는 식으로 애매하게 부르는 것이 무난할 것으로 보인다.

아무튼 '어떤 관청'에 '어떤 관리' 한 사람이 근무하고 있었다. 이 관리는 남보다 뛰어난 점이라고는 눈을 씻고 찾아봐도 없는 사내였다. 작달막한 키에 약간 얽은 얼굴, 머리털은 붉은빛이 감돌고 눈은 근시 같았다. 이마는 약간 벗겨졌고, 두 볼은 주름투성이이며, 안색은 마치 치질 환자를 연상시켰다.

하지만 어쩔 수 없는 일 아닌가. 그저 페테르부르크의 고르지 못한 날씨를 탓할 수밖에 없는 노릇이다. 그의 관등으로 말하면 (뭐니 뭐니 해도 러시아에서는 사람의 관등부터 밝힐 필요가 있다.) 이른바 만년 9급 관리였다. 이렇다 할 반격을 할 만한 능력도 없는 사람들을 사정없이 짓밟기를 좋아하는 기특한 습성을 가진 글쟁이들이 특히 좋아하는 게 바로 9급 관리들이다. 글쟁이들이 9급 관리들을 마음껏 조소하고 풍자하기를 좋아한다는 것 이미 널리 알려진 사실이다.

이 9급 관리의 성은 바쉬마치킨이었다. 원래 이 성이 바쉬마크(구두,

단화)에서 나왔을 것이라는 건 누가 봐도 분명하지만, 언제 어느 시대에 무슨 이유로, 하필이면 바쉬마크란 단어에서 사람의 성을 만들어 냈는지는 누구도 알 길이 없다. 바쉬마치킨네 집안사람들은 아버지나 할아버지, 심지어 처남까지도 모두 장화를 신고 다녔다. 신발 밑창을 갈아치우는 것은 기껏 1년에 두세 번 정도였다. 그 관리의 이름은 아카키 아카키에비치였다.

독자들에게는 이 이름이 무척 기묘하게 들릴지도 모른다. 마치 뭔가 다른 의도가 있어 일부러 지은 이름이라고 생각할 수도 있을 것이다. 그러나 이 이름은 결코 일부러 의도해서 지은 이름이 아니다. 다만 이 이름 외에 다른 이름을 붙여 줄 수가 없는 자연스럽고도 특별한 사정이 있었을 뿐이다. 그 사정이란 다음과 같다.

기억이 틀리지 않다면, 아카키 아카키에비치는 3월 23일 밤에 태어났다. 이미 고인이 된 그의 어머니는 더할 나위 없이 마음씨가 고운 여인으로, 관리의 아내였다. 그 여인은 정해진 절차에 따라 갓난아기에게 세례식을 베풀어 주기로 했다. 산모는 아직 방문 맞은편 침대에 누워 있었다. 산모의 오른쪽에는 아이의 대부가 될 이반 이바노비치 예로쉬킨이라는 훌륭한 어른이 서 있었다. 전에 상원에서 관리로 일한 적도 있는 분이었다.

왼쪽에는 대모가 될 아리나 세묘노브나 벨로브류쉬코바라는 천하에 보기 드문 정숙한 부인이 자리 잡고 있었다. 이 여성은 지역 경찰서장의 부인이었다. 이들은 산모에게 '목키야'나 '소시야' 아니면 순교자 '호즈다자타' 가운데 아무것이나 마음에 드는 아기의 이름을 고르라고 말했다.

"싫어요!"

아이의 어머니는 생각했다.

"무슨 이름이 모두 그 따위람!"

그래서 그녀를 만족시켜 주기 위해 달력의 다른 곳을 들추고는 다시 이름 세 개를 골라냈다. '트리필리', '둘라' 그리고 '바라하시'가 그것이었다.

"이런, 맙소사!"

이미 중년 고개를 넘긴 아이 어머니는 자신도 모르게 한탄했다.

"어쩌면 그렇게 괴상한 이름만 튀어나올까? 생전 들어 본 적도 없는 이름들뿐이군. '바르다트'나 '바루흐'라면 몰라도 '트리필리'니 '바라하시'니 하는 이름을 도대체 어떻게……."

이렇게 되자 달력을 또 한 장 넘겼는데 이번에는 '팝시카히'와 '바흐치시'가 나타났다.

"알겠어요……. 이젠 됐어요."

아이 어머니는 말했다.

"이것도 아마 이 아이의 운명인 모양이군요. 그따위 이름을 붙이느니 차라리 이 애 아버지 이름을 그대로 따서 붙여 주는 것이 낫겠어요. 아버지 이름이 아카키니까 이 아이도 아카키라고 부르도록 하죠."

아카키 아카키에비치라는 이름은 바로 이렇게 해서 생겨난 것이다. 갓난아기는 세례를 받을 때 얼굴을 잔뜩 찌푸리면서 울어 댔다. 아마 나중에 기껏 9급 관리나 되리라는 것을 그때부터 예감했는지도 모른다.

내가 왜 이런 얘기를 하느냐 하면, 앞에서 이미 언급했듯이 부득이한 사정 때문에 이 사나이에게 다른 이름을 붙인다는 게 애초부터 전혀 불가능했다는 것을 독자들이 이해해 주었으면 하는 바람에서이다. 그가 그 어떤 관청에 언제 들어가게 됐는지, 누가 그를 그 자리에 임명했는지를 기억하는 사람은 아무도 없다. 그동안 국장이나 과장은 수없이 많이 바뀌었지만 그는 언제나 같은 자리, 같은 등급인 서기라는 직책을 여전히 맡고 있었다. 그래서 나중에는 다들 그가 마치 어머니 뱃속에서부터 머리가 벗겨지고 관리 제복을 입은 채 태어나기라도 한 것처럼 느끼게 되었다.

그가 일하는 관청에서는 어느 누구도 그를 존중해주지 않았다. 수위들조차 그가 앞을 지나가면 자리에서 일어나는 법이 없었다. 마치 파리 한 마리가 날아가는 것을 보는 듯한 태도로 그를 거들떠보지도 않았다. 더구나 상관들은 말할 필요도 없이 그에게 위압적이고 전제적인 태도를 보였다. 계장이라는 직책을 가진 자는 아예 예의상 하는 최소한의 말 한마디도 없이 그의 코앞에 다짜고짜 서류를 불쑥 들이밀곤 했다. 그에게는 '이거 정서 좀 해 줄래요?' 또는 '이거 꽤 재미있는 일 감인 것 같은데.' 등과 같은 의례적인 표현조차 그에게는 생략하는 것이다. 아카키 아카키에비치 역시 일을 맡기는 사람이 누구인지, 그 사람에게 그런 일을 시킬 권리가 있는지 따위에는 아예 관심도 기울이지 않고 자기 코앞에 있는 서류를 힐끔 보고는 그냥 받아서 즉석에서 그것을 정서하기 시작하곤 했다.

젊은 관리들은 이른바 공무원식 위트를 최대한으로 발휘하여 그를 풍자하고 골려 먹기에 바빴다. 그들은 전혀 근거 없는 얘기를 만들어 그의 앞에서 떠들어 대곤 했다. 그의 하숙집 주인은 나이가 일흔이 넘은 할머니였는데, 젊은 관리들은 이걸 빌미로 아카키 아카키에비치가 항상 그 할머니에게 얻어맞고 지낸다느니, 노파하고 결혼식은 언제 올릴 계획이냐느니 하며 짓궂게 굴었다. 심지어는 종잇조각을 잘게 찢어서 눈이 내린다며 그의 머리 위에 뿌리기도 했다.

그러나 아카키 아카키에비치는 이런 짓궂은 장난에 대해 한마디도 대꾸하지 않았다. 마치 그런 모습들이 자기 눈에는 전혀 보이지 않는 듯한 태도였다. 그리고 사실 그러한 장난은 그가 일을 하는 데 별로 방해가 되지 못했다. 사람들이 그렇게 심하게 장난을 걸고 조롱해도 그는 서류에 글자 하나 틀리게 쓰는 법이 없었던 것이다.

다만, 장난이 도를 넘어 사람들이 그의 팔꿈치를 툭툭 건드리며 일을 방해할 정도가 되면 그도 더 이상 참지 못하고 이렇게 중얼거리곤 했다.

"나를 좀 내버려 둬요. 왜 이렇게 사람을 못살게 구는 거요!"

이렇게 말하는 그의 음성과 말투에는 뭔가 이상한 느낌이 있었다. 사람의 동정심을 이끌어 내는 그 무언가 말이다. 어느 때인가 그 관청에 새로 임명돼 왔던 어떤 청년 관리가 다른 친구들과 함께 그를 놀려대다가 갑자기 무엇에 찔리기라도 한 것처럼 마음이 바뀌어 장난을 그만둔 일이 있었다. 그리고 그때부터 이 청년의 눈에는 모든 사물이 갑자기 달라 보였다. 초자연적인 힘이라고 말할 수 있는 어떤 것이 그를 여태까지 교제해 왔던 사람들과 완전히 멀어지게 만들었다.

그전까지 그 청년은 그들을 예의 바르고 사교적인 사람들이라고 생각하고 있었다. 그러나 그 청년은 그 후 오랫동안 더할 나위 없이 유쾌한 시간을 보내다가도 갑자기 이마가 벗겨지고 키가 작달막한 어떤 관리의 모습을 떠올렸던 것이다. 그 모습과 함께 '나를 좀 내버려 둬요. 왜 이렇게 사람을 못살게 구는 거요!'라던, 사람의 마음을 찌르는 듯한 애처로운 말소리가 문득 머릿속에 떠오르곤 했다. 이 애처로운 말속에는 '나도 당신들의 형제요!'라는 또 다른 의미가 숨어 있는 듯한 느낌이었다.

그럴 때면 이 가엾은 청년은 자기도 모르게 손으로 얼굴을 가리곤 했다. 그리고 그 후 평생 동안 이 청년은 인간의 내면에는 얼마나 비인간적인 요소가 많이 숨겨져 있는가를 눈앞에서 보며 몇 번씩이나 무서운 전율을 느끼지 않을 수 없었다. 교양 있고 세련된 상류사회의 사람들, 심지어 고결하고 성실한 사람이라는 세상의 평가를 받고 있는 사람들도 예외가 아니었다. 사람들의 내면에도 잔인하기 짝이 없는 거대한 야수성이 자리 잡고 있는 모습을 그는 지켜보았던 것이다.

그건 그렇다 치더라도, 과연 아카키 아카키에비치만큼 자기 직무에 충실한 사람이 얼마나 있을까? 자기 직무에 충실하다는 표현만으로는 사실 부족하다. 그는 자기가 맡은 업무에 진정 애착을 갖고 있었다. 그는 공문서를 정서하는 하찮은 일에서도 나름대로 다양하고 즐거운 세계를 발견하고 언제나 즐거운 표정을 짓고 있었다. 그는 글자 가운데 몇몇 글자를 특히 좋아해 서류에서 그 글자가 나오기만 하면 금방 얼굴에 희색이 돌았다.

그리고 눈을 찡긋하며 입술까지 씰룩거렸기 때문에 그의 얼굴만 봐도 지금 그의 펜이 무슨 글자를 쓰고 있는지 얼마든지 알아맞힐 수 있을 정도였다. 만약 관청이 그의 열성에 맞추어서 포상을 했다면, 아마 그는 틀림없이 지금쯤 5급 관리는 되었을 것이다. 물론 스스로는 깜짝 놀라 이해할 수 없겠지만 말이다.

그러나 그렇게 오랜 기간 동안 그가 열성적으로 근무해서 얻은 것은 짓궂은 동료들의 말처럼 관리 제복의 단추와 엉덩이의 치질 외에는 아무것도 없었다. 하긴 그 오랜 세월 동안 그에게 관심을 보인 사람이 전혀 없었다고는 할 수 없다. 어느 마음씨 착한 국장은 그에게 평범한 공문서 정서가 아닌, 보다 중요한 일을 맡기라고 명령한 적이 있었다. 그 국장은 그의 장기근속을 표창하려는 의도를 갖고 있었던 것이다. 그에 게 새로 맡겨진 일은, 이미 작성된 서류를 기초로 하여 다른 관청에 보 낼 보고서를 만드는 것이었다.

새로운 일이라고 해도 별다른 것은 아니었다. 그저 서류 제목을 새 로 붙이고, 몇 군데 동사를 일인칭에서 삼인칭으로 바꾸는 정도에 불 과했다. 그러나 아카키 아카키에비치에게는 이것이 여간 어려운 일이 아니었던 모양이다. 새로운 일을 맡은 그는 연신 땀을 뻘뻘 흘리면서 계속 손수건으로 이마를 닦고 있었다. 그러더니 마침내 비명을 지르 며 하소연했다.

"이 일은 도저히 안 되겠습니다. 저는 역시 서류 정서를 하는 것이 훨씬 더 편합니다."

그때부터 그는 항상 정서 업무만 하게 되었다. 그에게는 정서하는 일 외에는 이 세상에 아무것도 존재하지 않는 것처럼 보였다. 그는 옷 차림 따위에는 전혀 신경을 쓰지 않았다. 원래 초록색이었던 제복은 이제 붉은빛이 감도는 누런색으로 변해 버리고 말았다. 그는 사실 목 이 그다지 긴 편이 아닌데도 옷깃이 워낙 좁고 낮아서 목이 위로 쑥 빠 져 나온 것처럼 보였다. 마치 러시아에 와 있는 외국인들이 몇십 개씩 머리에 이고 다니며 파는, 석고로 만든 고양이 새끼처럼 목이 유난히 길어 보였던 것이다.

그뿐만이 아니었다. 그의 제복에는 언제나 마른 풀잎이나 실밥 같은 게 붙어 있었다. 게다가 그는 또 아주 특수한 재능도 하나 갖고 있었다. 길거리를 걸을 때 사람들이 창문으로 쓰레기를 버리는 바로 그 순간에 기막히게 그 창문 밑을 지나가는 그런 재능 말이다. 그래서 그의 모자에는 언제나 수박이며 참외 껍질 같은 것이 얹혀 있었다. 그는 날마다 길거리에서 벌어지는 일, 사람들이 하는 일에 대해서는 일생 동안 단 한 번도 관심을 가져본 적이 없었다. 누구나 잘 알다시피, 눈치나 머리 회전이 빠른 젊은 관리들은 그런 일에 항상 관심을 기울이는 법이다. 그래서 길 건너편에서 걷는 사람의 허리띠가 헐거워져 바지가 좀 느슨해진 것까지도 재빨리 발견하고는 연신 킥킥거리며 웃지 않는가.

그러나 아카키 아카키에비치로 말하자면, 설사 눈으로 뭔가 보고 있다 하더라도 진짜 보는 것이 아니었다. 그의 눈에는 자신의 필체로 쓰인 또박또박하고 가지런한 글씨들만 어른거렸다. 가끔 느닷없이 자기의 어깨 너머로 말대가리가 하나 튀어나와 얼굴에다 콧김을 훅 불어 댄다거나 하는 일이 생겨야 그는 비로소 자기가 지금 관청의 서류더미 속에 묻혀 있는 것이 아니고 길 한가운데에 서 있다는 사실을 깨닫곤 했다.

집에 돌아오면 그는 곧 식탁에 덤벼들어 굶주린 사람처럼 수프를 훌훌 마시고, 맛 따위는 가리지 않고 고기와 양파를 삼키곤 했다. 파리가 붙어 있건 말건 식탁에 있는 것은 무조건 목구멍으로 집어넣는 것이다.

그렇게 해서 배가 부르다는 느낌이 들면 그는 식탁에서 일어나 잉크병을 꺼내 집에 들고 온 서류를 정서하기 시작했다. 처리해야 할 서류가 없을 때에는 취미 삼아서 자기가 보관해 둘 문서의 사본을 만들곤 했다. 문체가 아름다워서라기보다 어떤 새로운 인물이나 아주 높은 위치에 있는 사람에게 가는 서류라는 점에서 주목할 가치가 있을 경우, 그는 반드시 필사해 두는 것을 원칙으로 삼고 있었다.

페테르부르크의 잿빛 하늘이 완전히 어두워지고 나면 관리들은 자기 봉급과 취향에 맞춰 적당한 저녁 식사를 배불리 먹고 비로소 여가를 즐기기 시작한다. 관청에서 사각사각 종이 위를 미끄러지는 펜 소리, 자기 자신과 다른 사람의 일 또는 필요 이상으로 자진해서 떠맡게 되는 온갖 용무 등에서 벗어나 이제 모두 두 다리를 쭉 뻗고 쉬는 것이다. 이럴 때 여유가 있는 사람은 여가를 즐기려고 극장으로 달려가고, 어떤 사람은 거리를 지나가는 여자들의 옷차림을 구경하고, 또 어떤 사람은 관리 사회의 흥밋거리라고 할 수 있는 예쁜 아가씨에게 치근거리려고 저녁 파티 장소를 찾아가기도 한다.

그러나 물론 대부분의 사람들은 만찬이나 나들이 따위는 생각지도 않는다. 그 대신 아파트 4층이나 3층쯤에 자리 잡고 사는 친구들의 집에 놀러 가는 것이다. 그런 집에는 대개 돈을 아껴서 간신히 사들인 램프나 기타 물건으로 유행에 맞추려 애쓴 흔적이 엿보인다. 실내는 대개 조그마한 방 두 개와 부엌, 현관이 있을 뿐이다. 대부분의 관리들은 이런 좁은 방에 흩어져서 카드놀이를 하거나, 싸구려 과자 조각에 홍차를 홀짝거리고 파이프 담배를 피우기도 한다. 그리고 카드를 돌리는 동안에는 상류사회의 온갖 소문을 화제에 올린다. 이런 상류사회의 소문이야말로 러시아 사람이라면 어떤 환경에서도 인연을 끊지 못하는 그런 화제이다. 그런 화제조차 없을 때에는 어느 사령관에게 신고가 들어왔는데, 팔코네토프가 만든 동상의 말꼬리가 떨어져 나갔다는 둥 케케묵은 이야기들을 계속해서 우려먹는다.

그런데 한마디로 말해 페테르부르크에 사는 모든 관리, 모든 사람이 나름대로 즐거움을 찾아 헤매는 그런 시간에도 아카키 아카키에비치는 어떤 오락에도 결코 끼어들지 않았다. 어쩌다 우연히 그를 어떤 야외석상에서 보았다는 소문조차 들려오지 않았다. 그는 마음이 흐뭇해지도록 정서를 하고 나면 내일은 하느님께서 또 무슨 일거리를 주실지를 생각하며 미리 내일 일을 머릿속에 그려 보면서 미소를 짓는다. 그러고는 그렇게 잠자리에 드는 것이었다.

연봉 400루블의 초라한 자기 운명에 만족할 줄 아는 인간은 이렇게 평화로운 생활을 했다. 만약 인생 여기저기에 함정처럼 자리 잡고 있는 불행만 없다면 그의 이러한 생활은 늙어 죽을 때까지 계속됐을지도 모른다. 그러나 이러한 불행은 꼭 9급 관리가 아니더라도 3급 관리나 4급 관리, 7급 관리 등을 가리지 않고 모든 인간에게 찾아들게 마련이다. 심지어 누구에게 충고를 하지도 않고, 자기 역시 다른 사람에게 충고를 구하려고 하지 않는 사람들에게도 불행은 예외 없이 찾아오게 된다.

페테르부르크에서 기껏 연봉 400루블 정도로 생활하는 모든 인간에게는 공통적으로 무서운 적이 하나 있다. 그 강적은 다름 아닌 북쪽 지방 특유의 지독한 추위였다. 물론 이 추위가 건강에 이롭다는 주장도 있긴 하다. 아침 여덟 시쯤이면 관청에 출근하려는 관리들이 이 도시의 거리를 가득 메우게 된다. 그리고 이 무렵이면 혹독한 추위가 이 사람 저 사람 가리지 않고 어찌나 매섭게 몰아닥치는지, 가엾은 우리 관리 나리들은 어디다 코를 두어야 할지 모르고 쩔쩔맨다. 지위가 높은 양반들조차 추위에 머리가 띵할 지경이고 눈에서 눈물이 핑 도는 판이니, 가엾은 9급 관리 따위는 그야말로 속수무책일 수밖에 없다. 유일한 방법이 있다면 초라한 외투로나마 몸을 단단히 감싸고 될 수 있는 한 빠른 걸음으로 대여섯 개의 골목을 얼른 지나 관청 수위실로 뛰어드는 것이다. 그러고 나서 발을 동동 구르고 몸을 녹여, 오는 도중에 추위에 꽁꽁 얼어붙은 사무 능력이나 자신의 재주가 제자리에 돌아오도록 노력하는 수밖에 없다.

아카키 아카키에비치 역시 그러한 거리를 될 수 있으면 빨리 뛰어서 지나가려고 애쓰고 있었다. 그런데 언제부터인가 등과 어깨가 뼈에 사무칠 정도로 추워서 견딜 수 없을 지경이었다. 그는 마침내 자신의 외투가 뭔가 잘못되었을지도 모른다는 생각을 하게 되었다. 집에 돌아온 그는 외투를 찬찬히 살펴보았다. 그러고는 외투의 등과 어깨 두서너 군데가 마치 모기장처럼 얇아진 것을 발견했다. 천이 닳을 대로 닳아 속이 훤히 비칠 지경이었고, 안감도 갈기갈기 해진 상태였다.

　여기서 아카키 아카키에비치의 외투 역시 동료 관리들의 놀림감이 되어 왔다는 사실을 지적할 필요가 있다. 사실 그것은 이미 '외투'라는 고상한 명칭을 상실하고, '내복'이라는 해괴한 이름으로 불리고 있었다. 말이야 바른 말이지, 사실 그 외투는 겉모양부터가 무척 야릇했다. 우선 외투 깃이 해가 갈수록 작아지고 있었다. 그것은 외투 깃을 잘라 다른 해진 데를 기워서 입기 때문이었다. 외투를 깁는 재봉사의 솜씨도 그리 신통치 못한 터라 외투는 이제 마치 보릿자루처럼 꼴사나운 상태였다. 외투를 살펴보고 나서 사태를 대충 파악한 아카키 아카키에비치는 외투를 페트로비치에게 가져가야겠다고 생각했다.

　페트로비치는 뒷계단을 따라 올라가는 4층집 한구석에서 살고 있는 재봉사였다. 이 친구는 애꾸눈에다 곰보였다. 그래도 말단 관리나 그 밖의 별 볼일 없는 사람들의 윗옷과 바지 등을 고치는 솜씨는 나름대로 쓸모가 있었다. 물론 이것은 그가 술에 취하지 않았을 경우의 이야기였다. 또, 그가 다른 돈벌이에 정신이 팔려 있지 않은 경우라야 했다. 하긴 이 따위 재봉사 이야기를 여기서 이렇게 길게 늘어놓을 필요는 없을 것 같다는 생각도 든다. 하지만 소설에서 어떤 인물이 등장하면 그 인물의 성격을 완전히 묘사해야 한다는 것이 정설처럼 돼 있으니 부득이 여기에 페트로비치를 좀 더 자세히 소개하도록 하겠다.

원래 그의 이름은 그리고리였다. 다시 말해서 그는 어느 지주 귀족의 농노 신분이었던 것이다. 그러던 그가 페트로비치라고 불리게 된 것은, 농노 해방 증서를 받고 자유의 몸이 된 뒤로 축제 때마다 술을 진탕 마시게 되면서부터였다. 그래도 처음에는 큰 축제 때에만 술을 마셨는데, 얼마 지나지 않아 달력에 십자가 표시가 되어 있는 날이면 단 하루도 빼놓지 않고 곤드레만드레 취하기 시작했다. 이런 점에서 본다면 그는 자기 조상들의 관습에 무척 충실하다고 할 수 있었다. 마누라와 다툴 때에도 그는 더러운 계집년이라거나 독일 계집년이라는 둥의 상스러운 욕설을 내뱉곤 했다.

이왕 페트로비치의 마누라 얘기가 나온 김에 이 여자에 대해서도 두서너 마디 덧붙일 필요가 있을 것 같다. 그러나 유감스럽게도 이 마누라에 대해서는 거의 알려진 것이 없다. 그저 페트로비치에게는 마누라가 있다는 것, 그 마누라는 숄을 두르는 대신 모자를 쓰고 다닌다는 사실이 고작이다. 어쨌든 이 여자의 용모는 그다지 내세울 만한 것이 못 되는 모양이다. 그 여자의 옆을 지나칠 때 콧수염을 쫑긋거리고 요상한 소리를 내면서 모자 아래 얼굴을 힐끗거리는 것은 기껏해야 말단 근위병 따위이니 말이다.

페트로비치가 사는 곳으로 가는 뒷계단은 온통 구정물 투성이였다 (물론 이것은 나름대로 깨끗하게 한답시고 걸레질을 한 것이다.). 게다가 페테르부르크의 아파트 뒷계단들이 으레 그렇듯이 두 눈이 어지러울 정도로 지독한 알코올 냄새를 풍기고 있었다. 뭐 이런 사실이야 누구나 다 알고 있는 것이다. 아카키 아카키에비치는 이 계단을 걸어 올라가며 페트로비치가 외투를 고치는 삯으로 얼마를 달라고 할지 벌써부터 걱정하고 있었다. 그는 마음속으로 2루블 이상은 절대 내지 않겠다고 작정했다.

문은 열려 있었다. 그럴 수밖에 없는 것이 페트로비치의 마누라가 무슨 생선을 굽는 모양인지 말 그대로 박쥐 새끼조차 날아다니기 힘들 정도로 부엌에 연기가 가득 차 있었다. 아카키 아카키에비치는 그녀가 보지 못하는 틈을 타 잽싸게 부엌을 통과해 작업실로 들어갔다. 마침 페트로비치는 나무로 만든 커다란 작업대 위에 앉아 있었다. 마치 터키 총독처럼 책상 다리를 한 자세였다. 재봉사들이 일할 때 대개 그렇지만, 지금 페트로비치도 맨발이었다. 제일 먼저 아카키 아카키에비치의 눈에 띈 것은 이미 눈에 익은 페트로비치의 엄지발가락이었다. 그 발톱은 모양이 비뚤어진 데다 마치 거북이 등처럼 두껍고 단단해 보였다. 페트로비치는 명주실과 무명실 타래를 목에 건 채 헌옷을 무릎 위에 펼쳐 놓고 있었다. 그는 벌써 3분가량이나 바늘에 실을 꿰려다가 방이 어둡고 실이 말을 듣지 않는다며 잔뜩 골을 내고 투덜거리고 있었다.

"젠장, 지독하게도 애를 먹이는군. 성미가 못된 계집년처럼 말이야!"

아카키 아카키에비치는 하필 페트로비치의 기분이 언짢을 때 찾아간 것이 마음에 좀 걸렸다. 사실 일을 맡기기에는 페트로비치가 이미 거나하게 취해 있거나, 그 마누라의 표현을 빌리면 '애꾸눈이 싸구려 보드카에 빠져 있을 때'가 좋았다. 그런 상태일 때는 옷 고치는 삯을 선선히 양보할 뿐만 아니라 일을 맡겨 고맙다는 인사를 하기도 했다. 물론 그럴 경우, 나중에 페트로비치의 마누라가 찾아와서 자기 남편이 술김에 그런 헐값으로 일을 맡았다고 우는 소리를 하기 일쑤지만, 그럴 경우에도 10코페이카 동전 한 닢이면 만사가 수월하게 해결되곤 했다.

그러나 오늘처럼 페트로비치의 정신이 멀쩡할 때는 흥정하기가 무척 까다로워진다. 도대체 삯을 얼마나 달라고 할지 짐작하기가 어렵다. 아카키 아카키에비치는 이런 정황을 재빨리 눈치채고 얼른 뒤돌아서려고 했다. 그러나 이미 때는 늦었다. 페트로비치가 하나밖에 없는 눈을 가늘게 뜨면서 이쪽을 쳐다보고야 만 것이다. 그 바람에 아카키 아카키에비치는 자기도 모르게 그에게 말을 걸고 말았다.

"잘 있었나, 페트로비치!"

"안녕하십니까, 나리!"

페트로비치는 이렇게 대꾸하며 아카키 아카키에비치의 손을 곁눈질로 살폈다. 무슨 돈벌이 일감을 가져왔는지 보는 것이다.

"뭐, 대단한 건 아니고 말이야, 오늘 온 것은 페트로비치, 그게 말이지…….."

참고삼아 말해 두지만, 아카키 아카키에비치는 뭔가 설명해야 할 경우 전치사와 부사, 심지어는 아무 의미도 없는 전치사까지 이것저것 동원해 늘어놓는 버릇이 있었다. 그것이 까다로운 일일 경우에는 말끝을 제대로 마무리하지 못할 때도 많았다. '그건 분명히, 전혀, 그러니까, 에, 또, 뭐랄까…….' 이따위 말로 얘기를 시작하고는 그다음 말은 꺼내지도 않는 것이다. 그러면서 자기 딴에는 할 이야기를 다했다고 생각하는지 그냥 입을 다물어 버릴 때도 종종 있었다.

"도대체 무슨 일로 오신 건데요?"

페트로비치는 이렇게 말하면서 하나밖에 없는 눈으로 아카키 아카키에비치의 제복을 옷깃에서부터 소맷자락, 어깨, 옷자락, 단춧구멍에 이르기까지 죽 훑어보았다. 하긴 이 옷은 페트로비치의 손으로 만든 것이어서 너무나 눈에 익었다. 그러나 일단 손님을 봤다하면 그렇게 죽 살피는 것이 재봉사들의 몸에 밴 직업적인 습관이다.

"그게, 다름이 아니고, 페트로비치……., 내 외투가 좀……., 아니 그러니까, 겉의 옷감은……., 이렇게 다른 데는 다 멀쩡한데 말이지……., 먼지가 좀 앉아서 겉으로는 고물처럼 보이지만 아직 새 옷이나 마찬가지지. 그저 한두 군데가 좀……., 아니 등과 어깨 부분이 좀 낡고, 이쪽 어깨가 좀……. 알겠나? 요컨대 그것뿐이란 말이네. 다른 데야 뭐 손볼 데가 있겠나?"

페트로비치는 내복이라는 별명으로 불리는 그의 외투를 받아서 우선 작업대 위에 펼쳐 놓았다. 그러고는 한참 동안 이리저리 살펴보더니 고개를 절레절레 흔들면서 손을 뻗어 창틀에서 동그란 담배통을 집었다. 그 담배통에는 어떤 장군의 초상화가 그려져 있었으나 얼굴이 있어야 할 자리에 손가락만 한 구멍을 네모난 종이로 덧대어 놓아 그 초상화의 주인공이 누구인지는 알 수 없었다. 페트로비치는 코담배를 한 번 들이마시고 나서 다시 두 손으로 싸개를 집어 밝은 빛에다 찬찬히 비춰 보고는 다시 고개를 저었다. 그런 다음 또 다시 장군 초상화에 종잇조각이 붙은 담배통 뚜껑을 열고 담배를 콧구멍에 집어넣었다. 그는 담배통 뚜껑을 닫고 통을 치우더니 마침내 입을 열었다.

"안 되겠는데요, 이건 고칠 수가 없습니다. 외투가 너무 낡았어요."

이 말을 들은 아카키 아카키에비치는 가슴이 덜컥 내려앉는 것 같았다.

"아니, 도대체 왜 안 된다는 건가? 응, 페트로비치?"

아카키 아카키에비치는 마치 어린애가 뭔가 애원하는 것 같은 목소리로 말했다.

"어깨 있는 쪽이 좀 해진 것뿐인데. 응? 자네한테 괜찮은 헝겊이 있을 것 아닌가."

"뭐, 헝겊이야 찾으면 나오겠죠."

페트로비치가 말했다.

"하지만 헝겊이 있으면 뭡니까? 대고 기울 수가 있어야죠. 하도 천이 낡아서 바늘로 건드리기만 해도 금방 찢어지고 말 텐데요."

"찢어져도 상관없다네. 거기에 또 다른 천을 붙이면 되니까 말이야."

"다른 천을 어떻게 붙입니까? 바닥 천이 워낙 형편없어서 바늘을 꽂으려야 꽂을 수가 없어요. 거 듣기 좋은 말로 천이지 이게 어디 천입니까? 바람만 좀 세게 불어도 갈기갈기 찢어져 버릴 것 같은데요."

"그러지 말고, 어쨌든 이걸 손을 좀 봐 주게나. 이건 그래도……."

"도저히 안 됩니다!"

페트로비치는 딱 잘라 말했다.

"바닥 천이 워낙 낡아서 어떻게 해 볼 수가 없어요. 차라리 이걸 잘라서 각반이라도 만드시는 편이 훨씬 나으실 겁니다요. 이제 겨울이 되고 날씨가 점점 추워질 것 아닙니까. 양말 갖고는 아무래도 발이 시릴 테니까요. 하긴 그 각반이라는 물건이 독일 놈들이 돈을 긁어모으려고 재주를 부린 것이긴 합니다만(페트로비치는 기회 있을 때마다 독일 사람들을 욕하고 비웃기를 즐겼다.). 그 대신 외투는 아무래도 새로 하나 장만하셔야 할 겁니다요."

'새 외투'라는 말을 듣자 아카키 아카키에비치는 눈앞이 캄캄해지는 것 같았다. 방 안에 있는 물건들이 모두 뒤엉켜 범벅이 되는 느낌이었다. 단지 담배통 뚜껑에 그려진, 얼굴에 종잇조각이 붙은 장군의 모습만이 뚜렷하게 보였다.

"새로 하나 장만하다니, 도대체 무슨 수로?"

여전히 꿈속을 헤매는 듯한 기분으로 그가 말했다.

"내게 그만 한 돈이 도대체 어디 있다고……."

"어쨌든 새것을 하나 장만하셔야 합니다."

페트로비치는 잔인하게 느껴질 만큼 태연한 말투였다.

"그렇지만, 가령 말일세, 새로 하나 맞춘다고 하면, 도대체 그게 말일세, 그러니까 그게, 뭐랄까……."

"돈 말씀이세요?"

"그렇지."

"글쎄요. 아무래도 150루블은 있어야 할 거고, 거기에 추가 비용도 좀 들어가겠죠."

페트로비치는 이렇게 말하고 나서 의미심장하게 입술을 굳게 다물어 버렸다. 그는 극적인 효과를 무척 좋아했다. 갑자기 느닷없는 말을 내뱉어 상대방을 당황하게 만들고 나서 곁눈으로 상대방이 자기 말에 대해 어떤 표정을 짓는지 힐끔힐끔 살피기를 즐기는 것이다.

"뭐? 외투 한 벌에 150루블이라고?"

가엾은 아카키 아카키에비치는 큰 소리로 외쳤다. 그건 아마 그가 태어난 이후로 가장 큰 목소리였는지도 모른다. 언제나 낮은 목소리로 얘기하는 게 그의 특징이었으니까 말이다.

"그렇습니다."

페트로비치가 말했다.

"그보다 더 비싼 외투도 얼마든지 있지요. 깃에다 담비 가죽을 대고 모자 안쪽을 비단으로 대면 적어도 200루블은 들걸요."

"페트로비치, 제발 나 좀 봐 주게."

아카키 아카키에비치는 페트로비치가 말하는 새 외투의 효과 따위는 귀에 들어오지도 않고, 굳이 듣고 싶지도 않다는 듯 애원하는 목소리로 말했다.

"어떻게 이걸 손을 좀 봐 주게나. 얼마 동안만이라도 더 입고 다닐 수 있게 말이야."

"아니, 소용없는 일이에요. 공연히 헛수고만 하고 돈만 날릴 뿐이라고요."

페트로비치가 말했다.

아카키 아카키에비치는 이 말을 듣고 완전히 풀이 죽어서 밖으로 나왔다. 그러나 페트로비치는 손님이 돌아간 뒤에도 뭔가 의미심장한 표정으로 입술을 단호하게 다문 채 일거리에 손도 대지 않고 그 자리에 오랫동안 가만히 앉아 있었다. 재봉사의 기술을 값싸게 팔아넘기지 않고 자신의 권위를 손상시키지 않은 것이 무척 흡족했던 것이다.

아카키 아카키에비치는 길에 나와서도 뭔가 나쁜 꿈이라도 꾸고 있는 듯한 느낌이었다.

"큰일 났군……."

그는 혼자 중얼거렸다.

"정말 이런 일이 생길 줄 꿈엔들 생각이나 했겠어?"

그리고 조금 있다가 그는 다시 중얼거렸다.

"결국 결과가 이렇게 되고야 말았어. 하지만 이건 정말 전혀 생각지도 못한 일이란 말이야!"

한동안 다시 침묵을 지키다가 그는 다시 뇌까렸다.

"음, 그래? 사실이 그렇단 말이지? 하지만 이걸 어떻게 생각이나 할수 있을까? 정말이야! 정말 이런 변을 당하게 될 줄이야."

그는 이렇게 중얼거리며 거의 무의식적으로 집과는 완전히 반대 방향으로 걷기 시작했다. 길을 걷는 도중에 지나가던 굴뚝 청소부가 그를 들이받아 어깨가 온통 새까매지고, 한창 짓고 있는 건물 지붕에서 석회 가루가 쏟아져 머리는 마치 하얀 모자를 쓴 꼴이 되어 버렸다. 그러나 그는 이런 것을 전혀 알아차리지 못했다.

얼마를 더 걷다 어느 경찰과 부딪쳤을 때에야 그는 어느 정도 제정신으로 돌아올 수 있었다. 그 경찰은 옆에 총을 세워 놓고 우락부락한 주먹으로 쇠뿔 파이프에서 담뱃재를 털고 있는 중이었다. 그 경찰이 '어쩌자고 사람 코앞에 불쑥 나타나는 거야, 엉? 도대체 눈은 어디에 뒀기에 인도로 다니지 않는 거야!' 하고 호통을 쳐서 그의 정신을 되돌려 놓았다. 경찰의 말에 그는 비로소 정신을 차리고 주위를 둘러보고는 집으로 걸음을 옮겼다. 그때서야 비로소 그는 생각을 가다듬고 자신의 현재 상황을 똑바로 볼 수 있었다. 그래서 이제 밑도 끝도 없이 조각조각 끊기는 그런 단편적인 생각이 아니라, 모든 일을 털어놓고 상의할 수 있는 친구와 얘기하듯이 자신의 상황에 대해 스스로에게 얘기하기 시작했다. 자기 처지에 대해 훨씬 더 조리 있고 분명한 얘기를 할 수 있었다.

"아니야."

아카키 아카키에비치는 스스로에게 말했다.

"오늘은 페트로비치에게 사정해 봐야 소용없을 거야. 그 친구는 오늘, 거 뭐랄까, 틀림없이 마누라하고 한바탕한 모양이니까 말이지. 차라리 일요일 아침에 다시 찾아가는 게 낫지 않을까? 토요일 저녁에 한잔 걸쳐 눈이 게슴츠레해지고 해장술 생각이 간절할 때에 말이야. 해장술을 하고 싶어도 마누라가 돈을 줄 리 만무하고, 그럴 때 10코페이카쯤 쥐어 주면 그 친구도 훨씬 고분고분해지겠지, 그렇게 되면 내 외투도……."

아카키 아카키에비치는 속으로 이렇게 생각하고 스스로 용기를 북돋우며 일요일까지 기다렸다. 그리고 일요일 아침이 되자 페트로비치의 마누라가 집을 나와 어디론가 가는 걸 멀리서 확인한 다음 곧장 페트로비치를 찾아갔다. 아카키 아카키에비치가 예상했던 대로 페트로비치는 토요일 저녁에 한잔 걸치고 나서 아직 잠이 덜 깬 모양이었다. 눈이 게슴츠레하고 목을 길게 늘여 뺀 것이 금방이라도 바닥에 드러누울 것 같은 자세였다. 그러나 아카키 아카키에비치가 이렇게 일찍 자기를 찾아온 용건을 듣자마자 금세 태도가 돌변했다. 마치 귀신에 씐 것처럼 말했다.

"글쎄 안 된다니까요."

페트로비치가 말했다.

"새로 한 벌 사 입으시라고요!"

아카키 아카키에비치는 미리 생각했던 대로 10코페이카짜리 동전 한 닢을 슬쩍 페트로비치 손에 쥐어 주었다.

"나리, 감사합니다! 이걸로 나리의 건강을 위해 한잔 들기로 하죠."

페트로비치가 말했다.

"하지만 외투에 대해서는 더 이상 말씀하지 마세요. 그 외투는 이제 아무짝에도 쓸모가 없어요. 제가 아예 새것으로 한 벌 잘 지어 드릴게요. 그럼 이제 외투 얘긴 이걸로 끝난 걸로 하죠."

아카키 아카키에비치는 그래도 여전히 외투를 수선해 달라고 고집을 부렸지만 페트로비치는 그 말을 들으려고도 하지 않았다.

"새것으로 기가 막히게 지어 드릴 테니까 절 믿으세요. 제가 가진 기술을 마음껏 발휘하겠습니다. 모양도 요즘 유행하는 것으로 그럴싸하게 꾸미고, 옷깃도 은으로 도금한 단추를 그럴싸하게 달아 드릴 테니까요."

이제야 비로소 아카키 아카키에비치는 외투를 새로 맞추는 것 외에는 다른 방법이 없다는 사실을 분명히 깨달았다. 그는 완전히 기가 꺾

이고 말았다. 돈이 어디 있어서 외투를 새로 맞춘단 말인가? 물론 명절 때가 되면 상여금이 나오기 때문에 그 돈에 기대를 걸 수도 있다. 하지만 이미 오래전부터 그 돈은 쓸데가 정해져 있었다. 바지도 새로 사야 하고, 전에 구두 가게에서 장화에 가죽 밑창을 댔던 외상값도 갚아야 한다. 그 밖에 셔츠 세 벌과 이런 데서 말하기에는 쑥스럽지만 속옷도 몇 벌 삯바느질하는 여자에게 맡겨야 할 형편이었다. 한마디로 말해 상여금은 받는 그 자리에서 사라지게끔 정해져 있었던 것이다. 혹시라도 국장이 자비를 베풀어 40루블의 상여금을 45루블이나 50루블로 올려 준다 해도 어차피 그 차이란 보잘것없었다. 외투를 새로 맞추는 비용으로 쓰기에는 바다에서 물 몇 바가지 퍼내는 것에 불과했다. 하긴 페트로비치가 느닷없이 변덕을 부려 터무니없이 비싼 값을 부르는 버릇이 있기는 하다. 그러나 그럴 때면 그 마누라가 나서서 고함을 쳤다.

"여보, 당신 미쳤소? 바보 같으니라고! 지난번에는 공짜나 마찬가지로 헐값에 일을 해 주더니 이번엔 또 무슨 생각으로 그렇게 말도 안 되는 값을 부르는 거야? 당신 몸뚱이를 내다 팔아도 그만한 돈은 못 받을걸?"

아카키 아카키에비치도 그런 사실을 알고 있었다. 그리고 잘만 얘기하면 페트로비치는 80루블 정도로 일을 맡아 줄 것이라는 것도 잘 알고 있었다. 하지만 그렇다 해도 도대체 어디서 80루블이라는 돈을 만들어 낸단 말인가? 그 절반 정도라면 혹시 가능할지도 모른다. 반 정도, 아니 그보다 약간 더 많아도 만들어 낼 수 있을 것이다. 하지만 나머지 절반은 또 어디에서 구한단 말인가?

그러나 우선 독자들도 아카키 아키키에비치가 그 절반의 돈을 도대체 어디서 구할 수 있는지 알아 둘 필요가 있다. 아카키 아카키에비치는 1루블을 쓸 때마다 2코페이카씩 저금하는 습관이 있었다. 뚜껑에 구멍이 뚫려 있고 열쇠로 잠그게 되어 있는 조그만 상자에 동전을 집어넣고는 반년에 한 번씩 그동안 모은 동전을 지폐로 바꾸곤 했다. 그가 이 일을 몇 년 동안 꾸준히 계속해 왔기 때문에 이렇게 모은 돈이 거의 40루블을 넘어섰다. 수중에 가지고 있는 그 절반의 돈이란 바로 이 돈을 말하는 것이다. 하지만 나머지 반, 다시 말해서 부족한 40루블은 어디에서 끌어댄단 말인가? 아카키 아카키에비치는 머리를 싸매고 고민한 끝에 앞으로 적어도 1년 동안은 생활비를 바짝 줄여야겠다고 마음먹었다.

아카키 아카키에비치는 저녁마다 마시던 홍차도 없애고, 밤에 촛불도 켜지 않았다. 부득이 뭔가 일을 해야 할 경우에는 하숙집 주인 노파의 방에 가서 일을 했다. 길을 걸을 때도 돌로 포장한 길은 구두 바닥이 빨리 닳을 수 있어 되도록 조심스럽게, 뒤꿈치를 드는 자세로 살금살금 걸었다. 속옷 따위를 세탁소에 보내는 횟수도 가급적 줄이고, 집에 돌아오면 잽싸게 옷을 죄다 벗고 무명 잠옷 하나만 입었다. 옷이 빨리 해지는 것을 막기 위해서였다. 이 잠옷 역시 이제 노후 연금을 받아도 좋을 만큼 오래된 물건이었다.

솔직히 말해서 아카키 아카키에비치도 처음엔 이렇게 허리띠 졸라매기가 여간 불편하지 않았다. 그러나 시간이 좀 지나자 이것도 그럭저럭 습관이 되어 별로 불편을 느끼지 않게 되었다. 더욱이 저녁 끼니를 거르고도 지낼 수 있을 정도였다. 그 대신 앞으로 외투가 생길 것이라는 희망을 갖게 되었다. 이것이 충분히 정신적인 양식이 되어 준 셈이다.

아카키 아카키에비치는 이때부터 자기의 존재가 충실해지고, 마치 결혼이라도 해서 어떤 다른 사람이 줄곧 옆에 붙어 있는 듯한 느낌을 받게 되었다. 이제는 혼자가 아니라, 인생의 즐거운 동반자가 생겨 자기와 마음을 합쳐 인생 항로를 함께 나아가는 것 같은 느낌이었다. 그 동반자는 다름 아닌 새 외투였다. 두껍게 솜을 대고 절대로 닳아 해지지 않는 질긴 감으로 안을 받친 그런 외투 말이다. 그는 전보다 태도가 훨씬 활발해졌고 인생의 확실한 목적을 가진 사람처럼 성격마저 굳건해진 것 같았다. 망설임과 우유부단, 다시 말해서 그의 얼굴에서 흐리멍덩하고 회의적인 모습이 저절로 사라졌다. 때로는 자못 두 눈을 반짝이면서 이왕이면 외투 깃에 담비 가죽을 다는 것이 어떨까 하는, 그로서는 대담하기 짝이 없는 생각까지도 했다.

이런 생각들은 그를 일종의 멍한 방심 상태로 이끌어 가곤 했다. 한번은 서류를 정서하는 도중에 하마터면 글씨를 틀리게 쓸 뻔해서 '억!'

하는 소리가 목구멍에서 튀어나오는 것을 간신히 참은 적도 있었다. 그는 그래서 부랴부랴 십자를 긋기까지 했다. 한 달에 한 번씩이긴 했지만, 달이 바뀔 때마다 그는 페트로비치를 찾아가 어디에서 옷감을 살 것인지, 색깔은 어떤 것으로 할 것인지, 감을 얼마나 끊으면 되는지 등 외투와 관련된 것을 상의했다. 아직도 약간 걱정되기는 했지만, 머지않아 곧 옷감을 사다가 진짜로 외투를 지어 입게 될 날이 올 것을 생각하면 언제나 흐뭇한 마음이 되어 집으로 돌아오는 것이었다.

외투를 새로 만드는 일은 예상했던 것보다 더 빠르게 진행됐다. 국장이 아카키 아카키에비치에게 40루블이 아닌, 무려 60루블이나 되는 상여금을 지급했던 것이다. 아카키 아카키에비치에게 새 외투가 필요하다는 걸 국장이 미리 알아차린 것인지, 아니면 그냥 일이 되다 보니 우연히 그렇게 된 것인지 아무튼 그의 손에 20루블의 공돈이 들어왔다. 사정이 이렇게 되어 일은 더욱 빠르게 진행됐고, 두세 달 정도 더 배를 곯고 난 결과 아카키 아카키에비치는 80루블의 돈을 손에 쥘 수 있었다. 어느 때건 지극히 평온하기만 하던 그의 심장도 이번만은 거세게 뛰었다. 바로 그날 그는 페트로비치와 함께 옷감을 사러 나갔다.

그들은 아주 좋은 옷감을 살 수 있었다. 그럴 수밖에 없었다. 벌써 반년 동안이나 오직 이 일만을 생각해 온 데다, 가격을 알아보려고 거의 매달 옷감 가게에 들르곤 했으니 말이다. 재봉을 할 페트로비치 역시 이보다 더 좋은 옷감은 찾을 수 없을 거라고 말했다. 안감으로는 포플린을 쓰기로 했다. 페트로비치의 말을 빌리자면 포플린은 올이 가는 고급천이어서 보기에도 좋고, 반지르르한 것이 오히려 비단보다 낫다는 것이었다. 담비 털가죽은 너무 비싸서 사지 않고, 그 대신 가게에 갓 들어온 것 가운데 제일 좋은 고양이 털가죽을 골랐다. 이것 역시 멀리서 보면 영락없이 담비 털가죽으로 생각될 만큼 좋은 물건이었다.

페트로비치가 외투를 만드는 데는 꼬박 2주일이 걸렸다. 솜 넣는 데를 그토록 꼼꼼히 누비지만 않았어도 그렇게 오래 걸리지는 않았을 것이다. 페트로비치는 바느질 삯으로 12루블을 받았다. 절대로 그보다 싸게 할 수는 없다는 것이었다. 하긴 페트로비치는 명주실만을 써서 촘촘하게 이중으로 외투를 꿰맸고 게다가 꿰맨 자리마다 일일이 이빨 자국을 내 가며 꼼꼼하게 줄을 세우기까지 했다.

몇 월 며칠이었는지는 정확히 말할 수 없지만, 아무튼 페트로비치가 새로 만든 외투를 갖고 온 날은 분명히 아카키 아카키에비치 생애 최고의 날이었다. 페트로비치는 아침 일찍 외투를 들고 왔다. 마침 관청으로 출근하기 조금 전이었다. 어쩌면 그렇게 시간을 맞춰 외투를 들고 왔는지 모르겠다. 벌써 추위가 만만찮은 날씨였지만, 앞으로는 더욱 날씨가 추워질 것 같았기 때문이다.

페트로비치는 마치 일류 재봉사와 같은 모습으로 외투를 싸 들고 나타났다. 그의 얼굴에는 지금까지 아카키 아카키에비치가 한 번도 본적이 없는 그런 자부심이 어려 있었다. 그것은 마치 자기가 만든 것은 결코 시시한 물건이 아니라는 것을 과시하는 듯한 표정이었다. 기껏해야 안감이나 깁고 낡은 옷이나 수선하는 재봉사와 이렇게 새로운 외투를 직접 짓는 재봉사와는 엄청난 차이가 있다는 것을 말하고 싶은 그런 표정이었다.

페트로비치는 외투를 싸 들고 온 커다란 보자기를 풀어 보자기는 세탁소에서 가져온 것이라 다시 접어 호주머니에 집어넣었다. 그는 외투를 펼쳐 들고 자못 자랑스러운 얼굴로 그것을 다시 한 번 살핀 다음 능숙한 솜씨로 아카키 아카키에비치의 어깨에 걸쳐 주었다. 그러고는 손으로 등에서부터 밑으로 가볍게 매만져 옷자락을 반듯하게 당긴 다음 앞깃이 약간 벌어지게 아카키 아카키에비치의 몸을 외투로 감쌌다. 아카키 아카키에비치는 그래도 약간 불안해져서 팔소매 길이를 확인했다. 페트로비치는 소매에 팔을 끼우는 것도 도와주었다. 소매 역시 흠잡을 데가 없었다. 한마디로 말해서 외투는 정말이지 맵시 있게 몸에 착 맞았다.

그 와중에도 페트로비치는 자기가 하고 싶은 말을 빼놓지 않았다. 자기가 뒷골목에서 간판도 걸지 않고 일을 하는 처지이고, 더욱이 아카키 아카키에비치와는 오래전부터 잘 아는 사이이기 때문에 옷을 헐값으로 만들어 주었지만, 이걸 만약 네프스키 거리에서 만들었다면 품삯만 해도 75루블은 주어야 한다는 얘기였다. 아카키 아카키에비치는 이 점에 대해서는 굳이 페트로비치와 더 얘기를 하고 싶지 않았다. 뿐만 아니라 페트로비치가 버릇처럼 터무니없이 불러 대는 엄청난 액수에 대해서는 말만 들어도 겁부터 났다.

그는 돈을 치르고 고맙다는 말을 한 후 새 외투를 입고는 곧장 관청으로 출근했다. 페트로비치는 아카키 아카키에비치를 뒤따라 나와 길거리에 서서 한참 동안 외투를 지켜보다 골목길을 달려 큰길로 빠져나와 다시 한 번 자기가 만든 외투를 다른 방향에서, 즉 정면에서 바라보았다.

아카키 아카키에비치는 더없이 흐뭇한 기분이었다. 그는 매순간 어깨로 새 외투의 감촉을 느끼고 있었다. 마음이 매우 흡족해 그는 몇 번이나 혼자서 미소를 지었다. 사실 두 가지 좋은 점을 느끼고 있었다. 하나는 우선 따뜻하다는 것이요, 다른 하나는 멋있다는 것이었다. 그는 어디를 어떻게 걸었는지도 모르게 벌써 관청까지 와 있었다. 그는 수위실에서 외투를 벗어 위에서 아래까지 검사한 뒤 수위에게 잘 간수해 달라고 신신당부했다.

그런데 어떻게 알았는지 아카키 아카키에비치의 그 싸구려 '내복'이 어디론가 사라지고 새 외투가 생겼다는 소문이 관청에 쫙 퍼졌다. 모두 아카키 아카키에비치의 새 외투를 구경하려고 수위실로 달려왔다. 모두 앞다투어 축하와 칭찬하는 말을 퍼부었다. 처음에는 아카키 아카키에비치도 흐뭇하게 미소를 지을 뿐이었으나 나중에는 왠지 낯이 뜨거울 지경이었다. 모두 그를 둘러싸고 새 외투를 장만한 것을 축하하는 의미에서 한잔 사야 한다느니, 사무실 동료들을 위해 파티를 열어야 한다느니 하며 떠들어 댔다. 아카키 아카키에비치는 정신이 얼떨떨해 어떻게 하면 좋을지, 뭐라고 대답을 해야 할지, 무슨 구실을 붙여 적당히 거절해야 할지 도무지 알 수가 없었다. 아카키 아카키에비치는 거의 5, 6분 동안이나 이렇게 시달린 뒤에야 간신히 이건 그리 좋은 물건이 아닌, 중고품이나 다름없는 그런 물건이라고 어린애 같은 거짓말로 곤경을 모면하려고 했다.

결국 동료들 가운데 한 사람이 나섰다. 그는 계장의 지위에까지 올라간 사람이었다. 그는 자기가 결코 거만한 사람이 아니며, 부하들과도 스스럼없이 어울리는 사람이라는 것을 과시하고 싶었는지 그럴싸한 제의를 했다.

"아카키 아카키에비치 대신 내가 오늘 밤 파티를 열 테니 오늘 저녁은 다들 우리 집으로 와서 차라도 한잔하는 게 어떨까? 마침 오늘이 내 세례명 축일이거든."

당연한 얘기지만, 사람들은 그 자리에서 계장에게 축하인사를 하고, 기꺼이 그의 초대를 받아들였다. 아카키 아카키에비치는 적당한 구실을 붙여 거기서 빠지려고 했으나 그건 애초에 불가능한 일이었다. 다들 나서서 그건 실례라느니, 창피한 줄 알라느니, 체면이 뭐가 되겠느냐니 하며 떠들어 댔기 때문이다. 그러나 잠시 후 아카키 아카키에비치 역시 밤에 새 외투를 입고 외출할 기회가 생겼다는 생각이 들어 오히려 기분이 좋아졌다. 아카키 아카키에비치에게 이날 하루는 명절이나 다름없는 무척 즐거운 날이었다.

그는 극히 행복한 기분으로 집에 돌아와 외투를 벗어서 조심스럽게 벽에 걸어 놓고는 다시 한 번 외투의 겉감과 안감을 손으로 만져 보았다. 그리고 일부러 전에 입던 그 낡은 '내복'을 꺼내 새 옷과 비교해 보았다. 그는 저절로 웃음이 터져 나왔다. '하늘과 땅 차이라는 건 바로 이걸 말하는 거야!' 그는 식사를 하면서도 그 싸구려 꼬락서니를 생각하면서 연신 입가에 미소를 지었다.

유쾌하게 식사를 마친 그는 평소 버릇처럼 하던 식후의 서류 정서 따위는 까맣게 잊은 채 어두워질 때까지 그대로 침대에 누워 뒹굴며 시간을 보냈다. 그리고 날이 어두워지자 그는 얼른 옷을 갈아입고 외투를 걸친 다음 거리로 나갔다.

유감스럽지만 이날 저녁에 사람을 초대한 그 관리가 어디에 살고 있었는지는 분명하지 않았다. 기억이 희미해져서 페테르부르크의 모든 거리와 집이 한데 뒤엉켜 머릿속에서 뒤죽박죽되어 버린 것이다. 그 속에서 뭔가 한 가지라도 분명한 모습을 끄집어낸다는 것은 너무 어려운 일이다. 하지만 그 관리가 시내에서도 손꼽히는 고급 주택가에 살고 있었던 것만은 분명하다. 따라서 아카키 아카키에비치가 살고 있는 집에서는 무척 먼 거리에 있었다.

아카키 아카키에비치는 처음에는 어두컴컴하고 인적이 드문 길을 걸어야 했으나, 그 관리의 집이 점점 가까워지면서 거리에 활기가 넘치고 번화해지는 것을 느낄 수 있었다. 조명도 한층 더 밝아졌다. 길거리를 지나다니는 사람들도 더 많아졌고 화려하게 차려입은 귀부인들과 수달피 깃을 단 남자들의 모습도 눈에 띄었다. 빙 둘러 도금한 못을 박은, 격자 모양의 손잡이가 달린 초라한 영업용 마차들은 점차 모습을 감추고 있었다. 그 대신 새빨간 벨벳 모자를 쓴 멋진 옷차림의 마부들이 곰의 털가죽 무릎 덮개를 깐 고급 마차를 모는 모습이 점점 더 많이 눈에 띄었다. 화려하게 장식한 자가용 마차들이 눈 위를 요란스럽게 달려갔다.

아카키 아카키에비치는 이런 모습들을 신기한 눈으로 지켜보았다. 그는 벌써 몇 년 동안이나 이런 밤거리에 나와 본 적이 없었다. 그는 등불이 휘황찬란한 상점 진열대 앞에 멈춰 서서 신기한 듯이 안에 붙어 있는 포스터를 들여다보았다. 거기에는 날씬한 다리를 허벅지까지 드러낸 모습으로 구두를 벗고 있는 아리따운 미녀의 모습과 그 아가씨의 등 뒤에서 삼각형 콧수염을 멋들어지게 기른 사나이가 문틈으로 목을 들이밀고 쳐다보는 모습이 그려져 있었다. 아카키 아카키에비치는 고개를 끄덕이며 히죽 웃고는 다시 걸음을 옮겼다.

그는 어째서 그렇게 히죽 웃었을까? 그는 그동안 이런 것들을 전혀 본 적이 없었다. 하지만 그 역시 인간이기에 그런 모습을 보고 자기 내면에서 뭔가 감정이 꿈틀대는 것을 느꼈는지도 모른다. 아니면 그 역시 다른 관리들처럼 '프랑스 자식들은 정말 어쩔 수 없는 작자들이라니깐! 도대체 마음만 내키면 못 할 짓거리가 없단 말씀이야!' 이렇게 생각했는지도 모르겠다. 하지만 어쩌면 이런저런 생각도 하지 않았는지 모른다. 사람의 마음속에 파고들어 그가 생각하는 것을 하나하나 남김없이 들춰 본다는 건 불가능한 일이니 말이다.

마침내 그는 계장이 살고 있는 집에 도착했다. 계장은 호화스럽게 살고 있었다. 계단에는 등불이 환하게 밝혀져 있고, 침실은 2층이었다. 현관에 들어선 아카키 아카키에비치는 마룻바닥에 여러 켤레의 고무 덧신이 줄지어 있는 것을 보았다. 그 너머 응접실에서는 사모바르(러시아의 전통 주전자)가 하얀 김을 내뿜으며 부글부글 끓고 있었다. 벽에는 외투와 망토들이 쭉 걸려 있었는데, 그 가운데에는 수달피와 벨벳 가죽을 댄 것도 섞여 있었다. 그리고 바로 벽 건너편 방에서 떠들썩한 소리가 들려왔다. 그때 마침 문이 열리며 하인이 빈 컵이며 크림 접시, 과자 등이 담긴 쟁반을 들고 밖으로 나오는 바람에 소리가 더욱 크게 들렸다. 동료 관리들은 벌써 모여 차 한잔 마신 모양이었다.

아카키 아카키에비치는 자기 손으로 외투를 걸어 놓고 방으로 들어갔다. 그 순간 아카키 아카키에비치의 눈에 여러 개의 촛불과 관리들, 담배 파이프, 카드놀이 탁자 등이 한꺼번에 휙 들어왔다. 그리고 사방에서 왁자지껄하게 떠들며 얘기하는 소리와 의자를 잡아당기는 소리 등이 한꺼번에 귀를 때렸다. 그는 어찌할 바를 모르고 어색하기 짝이 없는 모습으로 방 한가운데 서 있었다. 그러나 동료들이 곧 그를 발견하고 환성을 지르며 환영했다. 그들은 즉시 현관으로 몰려나가 그 외투를 다시 한 번 구경했다.

아카키 아카키에비치는 약간 낯이 간지럽기는 했지만 원래 순진한 성격이었기 때문에 다른 사람들 모두가 자기 외투를 칭찬하는 얘기를 듣고 기뻐하지 않을 수 없었다. 그러나 얼마 후에는 모두들 아카키 아카키에비치나 외투 따위는 내버려 두고 다시 카드놀이 탁자에 둘러앉았다. 방 안의 시끄러운 소리며 떠드는 얘기, 북적거리는 사람들, 이 모든 것이 아카키 아카키에비치에게는 무척 이상하고도 놀라웠다. 그는 자기가 무엇을 해야 좋을지, 손발이나 몸 전체를 도대체 어디에 두어야 좋을지 알 수가 없었다. 생각 끝에 그는 놀고 있는 사람들 옆에 앉아서 카드 패를 들여다보기도 하고, 이 사람 저 사람의 얼굴을 바라보기도 했다.

하지만 얼마 지나지 않아 하품이 나오기 시작했다. 여느 때 같으면 그가 침대에 들어갈 시간이 훨씬 지났으니 그건 당연한 일이었다. 그는 주인한테 인사를 하고 곧 돌아가려고 했으나 다른 사람들이 그를 붙잡고 새 외투가 생긴 것을 축하하는 의미에서 꼭 샴페인을 마셔야 한다고 우기며 놓아주지 않았다. 한 시간 정도 지나서야 밤참이 나왔다. 야채 샐러드와 차가운 쇠고기, 고기 만두와 파이, 거기에 샴페인이 곁들여 나왔다. 사람들의 요구를 이기지 못한 아카키 아카키에비치도 커다란 유리컵으로 샴페인을 두 잔이나 들이켰다. 술을 마시고 나니 방 안의 분위기가 더욱 흥겨워졌다. 그러나 벌써 열두 시가 넘었고 그는 집에 돌아갈 시간이 지났다는 생각을 털어 버릴 수가 없었다.

그는 주인이 말릴까 봐 아무도 몰래 살그머니 방을 빠져나왔다. 그런데 현관에서 외투를 찾으니 외투가 마룻바닥에 떨어져 있었다. 그는 그걸 보고 약간 기분이 언짢았다. 그는 외투를 흔들어 먼지를 잘 턴 뒤 걸쳐 입고는 계단을 내려와 거리로 나갔다. 길거리는 여전히 밝았다. 귀족의 하인들과 그 밖의 온갖 하층민들이 함께 모여드는 길거리 구멍가게들은 아직 문을 열어 놓고 있었다. 덧문을 닫아 건 상점들도 문틈으로 아직 불빛이 길게 새어 나오고 있었다. 그 안의 단골손님들은 아직 돌아갈 생각을 하지 않고 있는 모양이었다. 그 안에는 근처의 하녀들과 하인들이 모여 집에서 자기를 찾고 있을 주인 생각 따위는 까맣게 잊고 온갖 잡담을 나누느라 정신이 팔려 있었다.

아카키 아카키에비치는 전에 없이 들뜬 기분으로 거리를 걸었다. 이유는 모르겠지만 어떤 귀부인의 뒤를 좇아 달려가려는 생각까지 했다. 그 귀부인은 번개처럼 그의 옆을 스쳐 지나갔다. 마치 온몸이 율동에 넘치는 듯한 움직임이었다. 그는 곧 발걸음을 멈추고 자기가 왜 그녀를 좇아 달려가려고 했는지 스스로 의아하게 생각하며 다시 천천히 걸음을 옮기기 시작했다. 그리고 얼마 걷지 않아 그는 다시 인적이 드문 텅 빈 거리에 이르렀다.

이 근방은 낮에도 별로 기분이 좋지 않은 곳으로 저녁이면 한층 더 심했다. 게다가 불이 켜 있는 가로등 숫자도 점점 줄어 들고 있어 더욱 호젓하고, 음산했다. 가로등의 기름이 점점 떨어지고 있는 듯했다. 목조 건물과 울타리가 앞으로 쭉 이어지지만 어디를 보아도 사람의 그림자는 눈에 띄지 않았다. 길 위에 깔린 눈만이 하얗게 반짝일 뿐, 지붕이 납작한 거리의 집들은 모두 덧문까지 걸어 잠그고 거무튀튀하게 서글픈 빛을 띠고 잠들어 있었다.

이윽고 그는 넓은 광장에 도착했다. 지금까지 걸어온 거리는 여기서 끝나고 건너편 집들은 보일 듯 말 듯 아득했다. 광장은 마치 무서운 사막처럼 보였다. 경찰 초소의 등불이 멀리서 깜박이고 있었다. 그러나 그곳은 아득하게 먼 곳, 마치 지평선 저 끝에 있는 것 같았다. 여기까지 오자 아카키 아카키에비치의 흥겨웠던 기분도 차츰 가라앉고 있었다. 무언가 불길한 예감이라도 느끼는 것처럼 그는 본능적인 공포를 느끼며 광장으로 걸어갔다. 그는 뒤를 돌아보고 다시 좌우를 둘러보았다. 마치 바다 한가운데 있는 느낌이었다.

'아니, 차라리 아무것도 보지 않는 게 낫겠어.'

그는 그렇게 생각하고 눈을 감은 채 걸었다. 그러다 이제 거의 광장을 다 지났겠지 하고 눈을 뜬 그는 눈앞에, 그것도 바로 코앞에 수염을 기른 사내들이 버티고 서 있는 것을 발견했다. 도대체 어떤 녀석들인지 분간할 틈조차 없었다. 눈앞이 캄캄해지고 가슴이 방망이질을 하듯 세차게 뛰었다.

"야, 이건 내 외투잖아!"

그 가운데 한 놈이 그의 멱살을 움켜쥐며 마치 항아리가 깨지는 듯한 소리를 질렀다. 아카키 아카키에비치가 "사람 살려!" 하고 소리치려 하자 다른 한 놈이 마치 관리의 머리통만큼이나 큰 주먹을 그의 입에 들이대고 "소리치면 알지!" 하며 으르렁댔다. 아카키 아카키에비치는 외투가 벗겨지고 무릎을 차인 것까지는 알 수 있었으나 그 뒤는 눈 위에 나동그라진 채 아무것도 느끼지 못했다.

몇 분이 지나서야 그는 정신을 차리고 일어났다. 그러나 이미 사람의 그림자는 보이지 않았다. 광장이 몹시 춥다는 것, 자기의 외투가 사라졌다는 것을 비로소 알아차린 그는 뒤늦게 고함을 지르기 시작했다. 그러나 그 소리는 광장 저 끝까지는 가지 않는 것 같았다. 그는 죽을 힘을 다해 미친 듯이 부르짖으며 광장을 가로질러 경찰 초소로 달려갔다. 초소 앞에는 경찰 한 명이 소총에 몸을 기대고 서서, 도대체 어떤 자식이 저렇게 소리를 지르며 달려오나 하고 호기심 어린 눈으로 바라보고 있었다.

아카키 아카키에비치는 경찰 앞으로 달려가서 숨을 헐떡이며 경찰이 감시는 하지 않고 졸고 있었기 때문에 지금 강도들이 날뛰고 있다고 고함을 질렀다. 그러나 경찰은 광장 한가운데서 두 명이 그를 불러 세우는 것은 보았지만 그의 친구들일 거라고 생각해서 그다지 눈여겨

보지 않았다고 대꾸했다. 경찰은 그렇게 말하고 나서 자기한테 공연히 욕만 퍼부을 것이 아니라, 내일 파출소장을 찾아가 사정 얘기를 하면 아마 외투를 찾아줄 것이라고 말했다.

아카키 아카키에비치는 마치 미친 사람처럼 되어 집으로 돌아왔다. 관자놀이와 뒤통수에 조금 남아 있던 머리카락이 이리저리 흐트러져 있었다. 옆구리와 가슴, 바지에 온통 눈이 범벅되어 있었다. 요란하게 문을 두드리는 소리에 화들짝 놀란 하숙집 주인 할머니가 슬리퍼를 한 짝만 신고 문을 열어 주러 나왔다. 한 손으로 잠옷 앞섶을 누른 모습이 었다. 할머니는 문을 열고 아카키 아카키에비치의 그런 꼬락서니를 보고는 기겁을 하며 뒤로 한 걸음 물러섰다. 그에게서 자초지종을 들은 노파는 몹시 놀라면서 그렇다면 직접 본서의 서장을 찾아가야 한다고 말했다. 파출소장 따위는 말로만 약속을 할 뿐 뒤에서는 딴짓을 하기 일쑤니 직접 본서의 서장을 찾아가는 것이 최고며, 다행히 자기가 본서의 서장과 잘 아는 사이인데, 전에 자기 집 하녀로 있던 안나가 현재 서장 댁 유모로 있다는 것이었다. 뿐만 아니라 자기도 서장이 집 앞을 지나가는 것을 여러 번 본 일이 있으며, 또 서장은 일요일마다 어김없이 교회에 나오는데 거기서 누구에게나 상냥한 표정을 짓는 것으로 보아 틀림없이 마음씨가 좋은 사람일 거라는 얘기였다. 그러나 이런 얘기를 듣고도 슬픔에 잠겨 자기 방으로 돌아왔다. 그가 그날 밤을 어떻게 지새웠는가는 다소나마 다른 사람의 심정을 짐작할 수 있는 사람들의 판단에 맡길 수밖에 없겠다.

아카키 아카키에비치는 이튿날 아침 일찍 서장을 찾아갔다. 그런데 서장이 아직 자고 있다고 했다. 그는 열 시쯤 다시 서장을 찾아갔다. 그러나 이번에도 "주무십니다."라는 대답이었다. 그런데 열한 시에 다시 갔더니 이번에는 "서장님은 출타하셨습니다."라는 것이었다. 하는 수 없이 점심시간에 다시 찾아가 보니, 이번에는 서장 부속실에 있는 비서가 그를 얼른 들여보내려 하지 않았다. 도대체 무슨 일로, 뭐가 필요해서 왔느냐, 무슨 사건이냐는 등 귀찮게 캐물었다. 아카키 아카키에비치도 이제는 더 이상 참을 수가 없었다.

'나는 서장을 직접 만나야 할 필요가 있어서 찾아온 것이다, 그러니 너희들이 나서서 나를 못 들어가게 할 수는 없다, 나는 관청에서 공무 때문에 찾아온 사람이다, 너희들이 나를 못 들어가게 한다면 그때는 상부에 보고를 할 수밖에 없다, 그러니 알아서 하라.'고 한바탕 을러댔다. 이를테면 그는 태어나서 처음으로 자기가 만만찮은 인간이라는 것을 보여 준 셈이었다.

그가 이렇게 나오자 비서들이 더 이상 아무 소리도 못 하더니 그 가운데 하나가 서장에게 보고하러 들어갔다. 서장은 외투를 강탈당했다는 얘기를 아주 이상한 의미로 받아들였다. 그는 사건의 요점 따위에는 전혀 관심도 기울이지 않고, 오히려 아카키 아카키에비치에게 무엇 때문에 그렇게 늦게 집으로 돌아갔느냐, 어디 점잖지 못한 곳에 가서 자빠져 있었던 게 아니냐는 등 엉뚱한 질문만 해댔다. 아카키 아카키에비치는 그만 헷갈려서 자신이 이곳에 방문한 것이 외투를 되찾는데 도대체 효과가 있었는지, 전혀 없었는지조차 알지 못한 채 그냥 물러 나오고 말았다. 그리고 그는 그날 하루 종일 관청에 나가지 않았다. 이것은 생전 처음 있는 일이었다.

이튿날 그는 전보다 훨씬 더 을씨년스럽게 보이는 그 낡은 외투를 걸치고 핏기 없는 얼굴로 출근했다. 물론 이런 경우에도 아카키 아카키에비치를 조롱하려 드는 친구들도 있기는 했다. 그러나 많은 사람들이 외투를 강탈당했다는 얘기를 듣고 충격을 받았다. 동료들은 그 자리에서 그를 돕기 위한 성금을 모으기로 했다. 그러나 정작 모인 금액은 얼마 되지 않았다. 그러잖아도 관리들은 여기저기 나가는 돈이 많았기 때문이다. 국장의 초상화를 사 주는가 하면, 과장의 친구라는 사람이 쓴 책을 신청하라는 과장의 권유를 받기도 했다.

동료 가운데 한 사람이 아카키 아카키에비치를 동정하고 그를 돕고 싶어 하며 그에게 친절하게 조언을 해 주었다. 조금이나마 힘이 되어 주고 싶었던 것이다. 그는 아카키 아카키에비치에게 서장 따위를 찾아가 봤자 아무 소용이 없다는 것을 가르쳐 주었다. 가령, 서장이 상부에 잘 보이려고 어떤 방법을 써서 외투를 다시 찾아낸다 하더라도 아카키 아카키에비치에게는 별로 도움이 되질 않는다는 것이었다. 그 외투가 자기 것이라는 법적인 증거를 내놓지 못하면 결국 외투는 경찰서에서 보관하게 된다는 이야기였다. 즉 이 사건을 해결하기 위해서는 유력 인사에게 부탁하는 게 가장 좋은 방법이며, 그럴 경우 그 유력 인사가 경찰서의 사건 담당자에게 편지를 보내 사건을 원만하게 처리할 수 있을 것이라는 설명이었다.

특별히 다른 좋은 방법이 없었으므로 아카키 아카키에비치는 동료가 말해 준 그 유력 인사를 찾아가기로 마음먹었다. 그 사람이 어떤 사람이고, 어떤 지위에 있는 사람인지는 밝혀지지 않고 있다. 다만, 참고로 말해 둘 것은 그가 그 지위에 오른 것은 아주 최근의 일이며, 그 전까지는 그야말로 하찮은 존재에 불과했다는 점이다. 게다가 지금의 지위라는 것도 다른 중요한 지위에 비하면 보잘 것 없는 것이라고 할 수 있다. 그러나 다른 사람들이 보기에는 별로 대단치 않은 지위라도 스스로는 아주 대단한 것으로 여기는 그런 인간들이 세상에는 언제나 있는 법이다. 더욱이 그 유력 인사는 여러 수단을 동원해서 자신의 지위를 더욱 높여 보이려고 애쓰는 중이었다. 이를테면, 자기가 출근할 때 부하 직원들이 모두 현관까지 마중을 나오게 한 것도 그런 노력 가운데 하나였다. 또한 그는 어떤 사람도 자기 방에 직접 들어오지 못하게 하고, 관련된 업무를 엄격하게 정해진 규칙과 순서에 따라 처리하도록 하는 등 내부 규칙을 만들기도 했다. 다시 말해서 14급 관리는 12급 관리에게, 12급 관리는 9급 관리나 그 밖에 적당한 관등의 인물에게 보고하는 등 모든 안건이 엄격한 순서를 밟아 자신에게 올라오도록 만들어 놓았던 것이다.

우리의 신성한 나라 러시아는 모든 것이 대부분 '모방하기'로 이루어진다. 그래서 누구나 자기 상관이 하는 짓을 그대로 흉내 내게끔 되어 있다. 심지어 이런 얘기도 전해진다. 어떤 9급 관리가 조그만 독립 관청의 책임자로 임명되자 당장 사무실 한쪽을 막아 자기 방으로 정하고 '집무실'이란 간판을 내건 다음 붉은 깃에 금테를 두른 수위를 문 앞에 세워 놓고 사람이 올 때마다 일일이 문을 여닫게 했다는 것이다. 그런데 그 집무실이란 것이 보통 책상 하나를 겨우 들여놓을 크기였다.

그건 그렇다 치고, 앞서 말한 이 유력 인사의 태도나 습관 역시 어마어마하고 위엄이 가득했다. 그렇다고 아주 복잡했던 것은 아니고, 다만 그가 일하는 체계의 기본은 한마디로 말해 엄격성이었다. '엄격하게, 더욱 엄격하게, 더더욱 엄격하게!'라는 것이 그의 입버릇이나 마찬가지였다. 그는 이렇게 지껄이면서 잔뜩 거드름을 피우는 얼굴로 노려보았다. 그러나 사실 그렇게까지 할 필요는 없었다. 왜냐하면 이 관청의 행정 기구에서 일하고 있는 몇십 명의 관료들은 그러잖아도 항상 공포에 사로잡혀 있었기 때문이다. 그들은 멀리서 그 유력 인사가 나타나기만 해도 벌떡 일어나 부동자세로 서서 그가 사무실을 지나갈 때까지 꼼짝 않고 서 있을 정도였다. 그와 부하들과의 일상적인 대화도 마찬가지였다. 그가 사용하는 말은 단 세 마디로 엄격하게 한정되어 있었다. 즉, '자네가 감히 그렇게 할 수 있는가?'와 '자네는 지금 누구와 얘기하고 있는지 알고 있는가?' 그리고 '지금 자네 앞에 있는 사람이 누구인지 알고 있는 건가, 모르고 있는 건가?' 이 세 마디가 그것이었다.

하지만 그 역시 본심은 무척 착한 사람이었다. 친구도 잘 사귀었고 남의 일도 잘 보살펴 주는 편이었다. 오직 장관이라는 벼슬자리가 그의 머리를 돌게 만든 것뿐이었다. 장관에 임명되자 그는 이성을 잃고 흥분했다. 그러다 보니 자기가 어떤 태도를 취해야 하는지 헷갈렸던 것이다. 그래도 자기와 대등한 지위에 있는 사람을 상대할 때는 지극히 의젓한 태도를 취했으며, 또 여러 가지 점에서 제법 총명한 구석도 있었다. 그러나 자기보다 단 한 계급이라도 낮은 사람들이 있는 장소에 가면 그의 태도는 당장 어색해지고 시무룩한 표정으로 입을 다물어 버렸다. 그러면서도 속으로는 이 사람들과 지금보다는 훨씬 더 재미있는 시간을 보낼 수 있으리라는 것을 느끼고 있었다.

이렇듯 그의 현재 상태는 더욱 가엾은 것이었다. 그래서인지 그도 가끔 무엇이든 재미있는 대화나 놀이에 끼어들고 싶은 욕구를 강하게 느끼며, 그런 마음을 눈에 드러내기도 했다. 그러나 그럴 때마다 자신의 입장에서 너무 지나친 행동을 하는 것은 아닐까, 지나치게 아랫사람에게 허물없이 구는 것은 아닐까, 그래서 결국 자기의 위신이 깎이는 것은 아닐까 하는 두려움이 그를 가로막고 있었다. 이런 쓸데없는 생각 때문에 그는 결국 어디서나 꿀 먹은 벙어리 시늉이었다. 어쩌다가 가끔 입을 연다 해도 야릇한 외마디 소리를 지를 뿐이어서 마침내 주변 사람들 모두 그를 따분하기 짝이 없는 괴상한 친구라는 낙인을 찍고 말았다.

아카키 아카키에비치가 찾아간 유력 인사는 바로 이런 인물이었다. 게다가 그는 하필 가장 좋지 않은 때 그 유력 인사를 찾아갔다. 하지만 이것 역시 아카키 아카키에비치에게 가장 좋지 않은 때였다는 의미일 뿐 그 고관에게는 그렇지 않았다. 오히려 그 사람에게는 아카키 아카키에비치가 마침 때맞춰 찾아와 준 셈이었다. 그 유력 인사는 자기 서재에 앉아 몇 년 만에 페테르부르크에 올라온 어릴 적 친구를 맞아 이야기꽃을 피우고 있었다. 바로 이때 바쉬마치킨이라는 작자가 자기를 찾아왔다는 보고를 받았다.

"도대체 뭐하는 사람이야?"

그는 퉁명스럽게 비서에게 물었다.

"어느 관청에 근무하는 관리라고 하더군요."

비서는 이렇게 대답했다.

"그래? 그럼 내가 지금 바쁘니 조금 기다리라고 해."

유력 인사가 말했다. 하지만 그 유력 인사의 이 말은 완전히 거짓말이었다는 것을 분명히 이야기해 둘 필요가 있겠다. 그와 그의 어릴 적 친구는 이미 진작에 할 말은 거의 다 해 버리고 이제는 지루한 침묵 속에서 이따금씩 서로의 무릎을 두드리면서, "글쎄 말일세, 이반 아브라모비치!" 또는 "그게 그렇게 됐단 말인가, 스체판 바를라모비치!"라고 같은 말만 되풀이하고 있었기 때문이다. 하지만 그 유력 인사가 이런 사정에도 불구하고 자기를 찾아온 관리를 기다리게 한 것은 이미 오래전에 공직에서 물러나 고향에 틀어박힌 자기 친구에게 뭔가를 보여 주고 싶었기 때문이었다. 즉 자기를 찾아온 관리들이 대기실에서 결코 적지 않은 시간을 기다려야 자신을 만날 수 있다는 사실을 보여 주고 싶었던 것이다.

마침내 두 사람은 이야깃거리도 다 떨어졌고, 등받이가 달린 푹신한 소파에 푹 기대고 앉아 담배를 피우고 있었다. 방에는 기나긴 침묵이 흘렀다. 이때 유력 인사가 문득 생각이라도 난 것처럼 보고 서류를 들고 문 옆에 서 있는 비서에게 말했다.

"아 참, 무슨 관리인가 하는 친구가 밖에서 기다린다고 했지? 이제 들어와도 좋다고 하게."

아카키 아카키에비치의 온순한 생김새와 낡아 빠진 제복을 보고 고관은 갑자기 그에게로 몸을 돌리며 딱딱 끊어지는 차가운 말투로 대뜸 물었다.

"용건이 뭐요?"

이것은 그 유력 인사가 장관이라는 관등을 수여받고 현재의 자리에 부임하기 일주일 전부터 혼자서 자기 방에 틀어박혀 거울 앞에서 연습한 말투였다. 아카키 아카키에비치는 방에 들어오기 전부터 겁을 집어먹고 있었으므로, 유력 인사의 말을 듣고 당황했다. 아카키 아카키에비치는 잘 돌아가지 않는 혀를 억지로 움직여 말을 끄집어냈다.

"실은, 저, 그게 그러니까……."

이런 말을 연신 내뱉으면서 그는 자기가 새로 맞춰 입은 외투를 얼마 전에 야만적인 강도들에게 빼앗겼다는 것, 그래서 자기를 위해 경찰 국장이나 기타 적당한 지위에 있는 사람들에게 몇 자라도 적어 주면 외투를 찾는 데 무척 힘이 될 것이라는 얘기를 아주 어렵게 끄집어냈다. 그러나 아무튼 정확한 이유는 모르지만, 그 유력 인사는 아카키 아카키에비치가 말하는 모습이 무척 예의에 벗어났다고 판단한 모양이었다.

"뭐라고?"

유력 인사는 또박또박 끊어지는 말투로 말했다.

"자네는 일의 순서라는 걸 전혀 모르고 있나? 지금 어디를 찾아온 거야? 관청의 사무라면 어떤 순서를 밟아서 일을 진행해야 하는지 알고 있을 것 아닌가? 이런 문제라면 우선 관련 창구를 찾아가 진정서를 제출하는 게 우선이지! 그렇게 하면 서류가 계장, 과장을 거쳐 비서한테 넘겨지겠지. 그다음에 비로소 비서관이 내게 그 문제를 가져오게 되어 있단 말이야!"

"하지만, 장관님!"

아카키 아카키에비치는 온몸에 진땀이 흐르는 걸 느끼며 마지막 남은 기력을 있는 대로 다 쥐어짜서 이렇게 말했다.

"제가 이렇게, 감히, 외람되게 장관님께 직접 부탁을 드리는 것은,

저 다름이 아니옵고, 실은 저 비서관들이 도무지 믿을 수가 없는 사람들이어서…….”

“뭐, 뭐, 뭐라고?”

장관이 소리쳤다.

“도대체 어디서 그따위 생각을 머릿속에 집어넣은 거야? 어디서 그따위 사상을 배워 왔느냐 말이야? 요즘 젊은 사람들은 웃어른과 상관에게 지극히 불손하게 대하는 사상이 만연되어 있어 정말 큰일이라니까!”

아마 그 장관은 아카키 아카키에비치가 이미 쉰 고개를 넘은 사람이라는 사실을 미처 깨닫지 못한 모양이었다. 설혹 아카키 아카키에비치를 젊은 사람이라고 부른다 해도 그건 칠순 노인에게나 통하는 얘기일 텐데도 말이다.

“자네는 지금 누구를 상대로 그런 소리를 하는 건지나 알고 있나? 지금 자네 앞에 있는 사람이 누구인지나 알고 있느냔 말이야, 응? 알고 있어, 모르고 있어?”

그는 이제 아주 발까지 구르며, 설령 아카키 아카키에비치 같은 사람이 아니더라도 겁을 집어먹지 않을 수 없을 만큼 목소리를 높여 고함을 쳤다. 아카키 아카키에비치는 거의 넋을 잃고 비틀비틀 두어 걸음 물러섰다. 그는 온몸이 후들후들 떨려 더 이상 서 있기조차 힘들었다. 수위가 재빨리 방에 달려 들어와 부축해 주지 않았다면 그는 그대로 방바닥에 쓰러지고 말았을 것이다. 그리하여 그는 거의 인사불성이 된 상태로 밖으로 끌려나갔다.

유력 인사는 자기의 태도가 기대했던 것 이상의 효과를 거둔 것에 만족했다. 그는 자기의 말 한마디가 상대방을 기절까지 시킬 수도 있다는 사실에 도취 되었다. 그는 자기 친구가 이 모습을 어떻게 보고 있는지 알고 싶어서 곁눈으로 힐끔힐끔 친구의 눈치를 살폈다. 친구 역시 얼이 빠진 듯 어떤 공포감마저 느끼는 눈치였다. 장관은 이 모습을 보고 마음이 무척 흡족했다.

아카키 아카키에비치는 어떻게 계단을 내려와 길로 나왔는지 아무것도 기억할 수 없었다. 팔다리에도 전혀 감각이 없었다. 여태까지 자기 윗사람한테, 그것도 다른 부처의 높은 사람한테 그렇게 호되게 꾸중을 들은 적이 한 번도 없었다. 그는 입을 딱 벌린 채 자꾸만 인도 밖으로 발걸음이 빗나가면서 길거리의 소용돌이치는 눈보라 속을 걸어갔다. 페테르부르크의 날씨가 원래 그렇지만 이날도 바람은 사방팔방에서, 골목길이란 골목길 모두에서 빠짐없이 그에게 휘몰아쳤다. 그는 편도선이 부어올라 간신히 집으로 돌아왔을 때는 말 한마디 할 힘조차 없었다. 그는 곧장 잠자리로 기어들어 갔다. 상관의 별것 아닌 꾸지람 한마디가 이렇게 엄청난 위력을 발휘하기도 하는 것이다.

이튿날 그는 엄청나게 높은 열에 시달렸다. 페테르부르크의 날씨가 아낌없이 도와준 덕분에 그의 병세는 예상보다 훨씬 빠르게 악화됐다.

진맥을 하러 온 의사는 맥을 한번 짚어 보고는 이제 어떻게 해 볼 도리가 없다고 고개를 저었다. 그저 병자가 의술의 도움도 받지 못하고 죽었다는 말이라도 듣지 않도록 찜질이라도 해 주라는 말뿐이었다. 의사는 그 자리에서 앞으로 기껏 하루나 하루 반나절밖에 더 살지 못할 것이라고 단언하더니, 하숙집 주인 할머니에게 이렇게 말했다.

"할머니, 뭐 더 기다려 보고 말고 할 것도 없어요. 지금 곧 소나무 관이라도 하나 주문하세요. 이런 사람한테는 참나무 관은 과분할 테니까 말입니다."

들는 것만으로도 섬뜩한 이런 말들이 아카키 아카키에비치의 귀에도 들렸는지 어쨌는지는 알 수 없다. 설사 들었다 하더라도 과연 그것이 얼마나 그에게 충격을 주었는지 또는 그렇지 않은지, 그가 자기의 비참한 일생을 과연 슬퍼했는지 어쨌는지도 전혀 알 도리가 없다. 왜냐하면 그는 그동안에도 줄곧 혼수상태에 빠져 헛소리만 하고 있었기 때문이다. 그의 눈앞에는 끊임없이 괴이한 환상이 나타났다. 재봉사 페트로비치가 나타난 것을 보고는, 침대 밑에 도둑놈이 숨어 있는 것 같으니 그놈을 체포할 올가미가 달린 외투를 하나 만들어 달라고 부탁하는가 하면, 이불 속에서 도둑놈을 끌어내달라고 하숙집 할머니를 소리쳐 부르기도 했다. 그러다가 새 외투가 있는데 왜 저 낡아 빠진 외투가 저기 걸려 있느냐고 묻기도 했고, 자기가 장관 앞에서 꾸지람을 듣고 있다고 생각하는지 "죄송합니다, 장관님!" 하며 사과를 하기도 했다. 그러더니 결국 그는 입에 담기도 어려운 무서운 욕설을 마구 퍼부어 댔다. 아직까지 그렇게 무서운 욕을 들어 보지 못한 주인 할머니는 그 바람에 성호를 긋기까지 했다. 더욱이 그런 욕설이 '장관님'이라는 말 뒤에 잇달아 튀어나왔으니 할머니로서는 겁을 먹는 것이 당연했다.

나중에는 전혀 의미도 없는 말을 중얼거리기 시작했다. 그 말은 아무도 알아들을 수 없었다. 다만, 그의 두서없는 말이며 생각이 계속해서, 언제까지나 '외투'라는 하나의 물건을 중심으로 맴돌고 있다는 것만은 짐작할 수 있었다. 이리하여 마침내 가엾은 아카키 아카키에비치는 숨을 거두고 말았다. 그가 죽은 뒤에 그의 방이나 소지품을 봉인하지는 않았다. 첫째는 유산 상속인이 아무도 없었기 때문이며, 다음으로는 유산이라고 할 만한 것이 아무것도 없었기 때문이었다. 거위 깃으로 만든 펜이 한 묶음, 관청에서 쓰는 백지 한 권, 양말 세 켤레, 바지에서 떨어져 나온 단추 세 개, 그리고 독자들도 이미 잘 알고 있는 그 '내복 같은 외투'뿐이었다. 이런 물건들이 누구의 손에 들어갔는지는 알수 없다. 또 솔직히 말해 필자도 그런 데에는 흥미가 없다.

아카키 아카키에비치의 시체는 묘지로 실려 나가 매장됐다. 그리고 아카키 아카키에비치가 없어져도 페테르부르크는 여전히 그 모양 그대로였다. 마치 그런 사람은 처음부터 존재하지 않았던 것 같았다. 이리하여 누구의 도움도 받지 못하고, 누구도 소중하게 여기지 않았으며, 누구의 흥미도 끌지 못했던, 흔해 빠진 파리조차도 핀으로 꽂아 현미경으로 관찰하는 박물학자의 주의조차 끌지 못한 존재, 관청에서 온갖 비웃음을 순순히 참아내면서 이렇다 할 업적 하나 이루지 못한 채 무덤으로 간 그 존재는 이 세상에서 영영 사라져 버린 것이다.

비록 생애가 끝나기 직전이기는 했지만 외투라는 기쁜 손님이 환한 모습으로 나타나 그의 초라한 인생에 잠시나마 활력을 불어넣어 주었다. 그러고는 곧 이 세상의 힘센 존재들에게도 예외 없이 닥쳐오는, 피할 수 없는 불행이 그에게 닥쳐오고야 만 것이다. 그가 죽은 지 3, 4일이 지나 관청의 수위가 즉각 출두하라는 국장의 명령을 전하기 위해 그의 하숙집을 찾아왔다. 그러나 수위는 그대로 돌아가 그 사람은 두 번 다시 출근할 수 없게 되었다는 보고를 하지 않을 수 없었다. 어째서라는 질문에 수위는 이렇게 대답했다.

"어째서고 뭐고 없습니다. 그 작자는 죽어 버렸습니다. 벌써 사흘 전에 장례를 치렀더군요."

이렇게 해서 관청에서도 아카키 아카키에비치가 죽었다는 사실을 알게 되었다. 그 이튿날에는 벌써 아카키 아카키에비치의 후임으로 새 관리가 와서 그 자리에 앉아 있었다. 키도 훨씬 더 크고, 그다지 반듯한 필체가 아닌, 비스듬히 옆으로 기울어진 필체로 글씨를 쓰는 사나이였다.

그런데 아카키 아카키에비치에 관한 이야기는 여기서 완전히 끝난 것이 아니다. 아무에게도 인정받지 못한 인생에 대한 보상이라도 받으려는 듯 그는 죽은 뒤 며칠 동안이나 요란한 소동을 일으켰다. 그가 죽은 뒤에 이런 식으로 이상한 삶을 계속할 운명이었다는 것은 아무도 상상하지 못한 일이었다. 하지만 정말 그런 일이 현실에서 발생해 이 서글픈 이야기는 뜻밖에도 환상적인 결말을 맺게 된다.

페테르부르크에는 갑자기 다음과 같은 소문이 쫙 퍼졌다. 즉 칼린킨 다리와 그 근처 여기저기서 관리 옷차림을 한 유령이 매일 밤 나타나 자기가 외투를 도둑맞았다고 말한다는 것이었다. 그리고 그 유령은 관등이나 신분 따위를 가리지 않고 지나가는 사람의 외투를 자기 것이라고 우기면서 빼앗아 간다는 것이었다. 고양이 가죽이나 담비 가죽, 깃이 달린 외투, 솜을 댄 외투, 여우나 너구리, 곰 가죽으로 만든 외투, 한마디로 말해서 사람이 자기 몸을 감싸는 물건이라면 가죽이건 털이건, 그 종류를 가리지 않고 모조리 벗겨 간다는 소문이었다. 어느 관리 한 사람은 자기 눈으로 직접 그 유령을 목격했다고 말했다. 그는 첫눈에 그 유령이 아카키 아카키에비치라는 것을 알아봤지만 소름이 끼치고 겁이 나서 있는 힘을 다해 도망쳐 왔다는 것이었다. 하지만 멀리서 유령이 손가락을 치켜세우고 자기를 위협하는 시늉을 한 것만은 분명히 보았다고 했다. 여기저기서 외투 강도 사건이 너무 자주 발생하는 바람에 9급 관리는 말할 것도 없고 7급 관리들까지도 어깨와 등이 추위에 얼어붙을 지경이라는 호소가 여기저기서 잇달아 들어왔다.

이렇게 되니 경찰에서도 더 이상 이 문제를 두고 볼 수는 없게 되었다. 그래서 살아 있든 죽었든 무슨 일이 있어도 그 유령을 반드시 체포하여 극형에 처하라는 명령이 떨어졌다. 사실 이 명령은 거의 성공할 뻔했다. 어느 경찰이 키류쉬킨 골목에서 그 유령의 범행 현장을 덮친 것이다. 마침 그 유령은 한때 플루트를 연주하던 전직 악사의 외투를 빼앗는 중이었다. 경찰은 그 유령의 멱살을 틀어쥐고 자기 동료 두 사람을 소리쳐 불러 유령을 붙잡고 있으라고 말한 뒤 장화 속에서 자작나무 껍질로 만든 코담배 상자를 꺼냈다. 그동안 무려 여섯 번이나 동상에 걸렸던 코를 잠시나마 담배 냄새로 위로하려고 했던 것이다.

그런데 그 담배 냄새가 너무 지독해서 유령조차 견딜 수 없었던 모양이다. 경찰이 오른쪽 콧구멍을 손가락으로 누르고 왼쪽 콧구멍으로 담배를 들이마시는 순간, 유령이 너무 세게 재채기를 하는 바람에 유령을 둘러싸고 있던 경찰 세 사람의 눈에 담뱃가루가 들어가고 말았고, 그들이 손으로 눈을 비비는 사이에 유령은 자취도 없이 사라져 버렸다. 그래서 경찰들은 자기들이 정말 유령을 잡았는지조차 의심스러워졌다. 그때부터 경찰들은 그 유령에 대해 엄청난 두려움을 느끼게 되어 살아 있는 사람조차 붙잡을 생각을 못 하고 그저 멀리서 고함만 질러 댈 뿐이었다.

"이봐, 뭘 하는 거야? 빨리 갈 길이나 가라고!"

덕분에 그 관리 옷차림을 한 유령은 칼리킨 다리 너머까지 돌아다니게 되었다. 이제 어지간히 대담한 사람이 아니고는 그 근처에 가는 것은 꺼릴 지경이었다.

그러나 우리는 앞서 얘기했던 그 유력 인사에 대해서는 그만 까맣게 잊고 있었던 것 같다. 사실 솔직히 말하자면 그 사람이야말로 이 거짓 없는 실화가 환상적인 분위기를 띠게 만든 장본인이라고 해도 과언이 아니다. 무엇보다 공정을 기한다는 의미에서, 이 유력 인사가 느낀 심정을 먼저 얘기해야 할 것 같다.

이 장관은 가엾은 아카키 아카키에비치가 자기에게서 혼쭐나서 물러간 다음 어떤 연민 비슷한 감정을 느꼈다. 그 역시 원래부터 동정심과 인연이 없는 그런 종류의 인간은 아니었다. 대부분의 경우 그의 마음은 선량한 감정을 충분히 받아들일 수 있을 만큼 너그러운 상태였다. 다만, 스스로의 직위 때문에 그런 것을 표면에 드러내지 못할 뿐이었다. 그때 시골에서 왔던 친구가 사무실을 나가자마자 그는 곧 불쌍한 아카키 아카키에비치에 대해 생각이 미쳤다. 그리고 그 후 거의 날마다 그리 대단치 않은 꾸중조차 견뎌 내지 못하던 아카키 아카키에비치의 창백한 얼굴이 눈앞에 어른거렸다. 그 불쌍한 관리를 생각하기만 해도 마음이 괴롭고 불안했다. 그래서 일주일 후 그는 부하 직원을 보내 그 관리가 어떤 인간이며 그 후 어떻게 지내고 있는지, 그리고 실제로 그를 도울 수 있는 방법이 어떤 것인지 등을 알아보고 오도록 했다. 그리고는 아카키 아카키에비치가 갑자기 열병으로 죽고 말았다는 보고를 받자 무척 충격을 받았다.

그는 그날 온종일 양심의 가책에 시달려야 했다. 그는 울적한 마음을 조금이라도 풀고 불쾌한 여러 가지 생각을 잊으려고 어느 날 밤 친구가 연 파티에 참석했다. 거기에는 점잖은 사람들이 모여 있었다. 다행인 점은 거기에 모인 사람들 대부분이 자기와 같은 관등에 있는 사람들이어서 이것저것 전혀 마음에 거리낄 것이 없었다. 이것이 그의 정신 상태에 놀랄 만한 효과를 나타냈다. 그는 마음이 완전히 풀려 친구들과의 대화에도 즐겁고 상냥한 기분으로 함께할 수 있었다. 한마디로 말해서 그는 그날 하룻저녁을 무척 즐겁게 보낸 것이다. 밤참이 나왔을 때는 샴페인도 두 잔이나 마셨다. 이미 잘 알려진 사실이지만, 이것은 마음을 흥겹게 하는 데에는 상당한 효과를 나타낸다.

샴페인을 마시고 나니 그는 좀 더 과감한 행동을 해 보고 싶은 생각이 들었다. 다름이 아니라 곧장 집으로 돌아가지 않고 전부터 가까이 지내던 카롤리나 이바노브나라는 여자에게 들르기로 한 것이다. 독일 출신으로 보이는 이 여성에 대해 그는 대단히 친근한 감정을 갖고 있었다. 여기서 말해 둘 것은, 이 유력 인사가 이미 젊다고는 할 수 없는 나이였다는 점이다. 그는 충실한 남편인 동시에 훌륭한 아버지의 역할도 잘해내고 있었다. 두 아이 가운데 하나는 벌써 관청에 근무하고 있었고, 좀 들창코이긴 하지만 그래도 꽤 귀여워 보이는 예쁘장한 딸 역시 올해 열여섯 살이었다. 이 자식들은 날마다 그에게 "봉주르, 파파!(아빠, 안녕!)"하며 인사를 했다. 그리고 아직도 생기가 넘치는, 그다지 밉상이 아닌 그의 아내는 남편에게 자기 손에 키스를 하도록 시킨 다음 그 손을 그대로 뒤집어 자기도 남편의 손에 키스를 하곤 했다. 이 유력 인사는 이렇게 행복한 가정을 갖고 있고, 또 스스로도 그 생활에 지극히 만족하고 있으면서도 다른 한편으로는 시내의 다른 지역에 여자 친구를 두고 사귀는 것을 무척 당연하게 생각하고 있었다. 이것이야말로 그저 교제에 불과하다는 것이다. 여자 친구라고는 해도 그의 아내보다 그다지 젊거나 아름답지도 않았다. 하지만 이런 일이야 세상에 워낙 흔해 빠진 것 아닌가. 그러니 우리가 굳이 이러니저러니 따지고 들 일은 아닌 셈이다. 어쨌든 이 유력 인사는 친구네 집 계단을 내려와 마차에 올라타고는 마부에게 곧장 말했다.

"카롤리나 이바노브나에게 가자!"

그는 마차 안에서 따뜻한 외투에 몸을 감싸고 러시아인 특유의 지극히 즐거운 기분에 빠져들었다. 즉 일부러 무얼 생각하지 않아도 머릿속에 끊임없이 달콤한 상념이 떠올라 그저 기분 좋고 편안한 그런 상태 말이다. 그는 더없이 기분이 흡족했고, 방금 떠나온 파티에서의 즐겁고 재미있었던 일들이 머릿속에 계속 떠올랐다. 그는 자기가 익살을 부려 친구들이 배를 붙들고 웃게 만들었던 일을 돌이켜 보며 혼자 그 익살을 입속으로 되풀이해 보았다. 다시 생각해도 역시 그 익살은 재치 있고 사람을 웃길 수밖에 없었던 듯했다. 그는 자기가 친구들과 함께 큰 소리로 웃어댄 것은 지극히 당연한 일이라고 생각했다. 그러나 이따금 갑작스럽게 들어오는 찬바람이 그의 달콤한 기분을 방해했다. 무엇 때문인지 바람은 갑자기 어디서 불어오는지도 알 수 없게 불어닥쳐 차디찬 눈가루를 흩뿌려 놓았다. 그리고 외투 깃을 마치 돛처럼 펄럭이게 만들고, 그의 얼굴을 사정없이 후려치는 것이었다. 문득 유력 인사는 누군가 뒤에서 자기의 외투 깃을 무서운 힘으로 움켜잡는 것을 느꼈다. 그는 뒤를 돌아보았다. 그러자 거기에 다 떨어진 낡은 제복을 입은 작달막한 사나이가 서 있었다. 그는 그 사나이가 바로 아카키 아카키에비치라는 것을 알아차리고 가슴이 덜컥 내려앉았다. 관리의 얼굴은 눈처럼 창백해서 겉으로 당장 보기에도 죽은 사람, 즉 유령이라는 것을 알 수 있었다. 유령은 입을 일그러뜨리고 송장 냄새를 내뿜으며 말했다.

"음, 이제야 네놈을 만났구나! 이제야 네놈의 목덜미를 잡았어! 난 네놈의 외투가 필요하다! 나를 도와주기는커녕 나에게 호통을 쳤지! 자, 이젠 네놈이 외투를 내놓을 차례야!"

장관은 완전히 공포에 사로잡혀 딱하게도 거의 숨이 끊어질 지경이었다. 그는 평소 관청의 부하들 앞에서는 언제나 늠름하고 위엄 있는 모습을 보이고자 애썼다. 또 그의 그런 모습을 본 사람들은 누구나 "거참, 위풍당당한 사람이로군!" 하고 감탄하곤 했다. 하지만 지금 이 상황에서 그는 호걸다운 풍모를 지닌 사람들이 대부분 그런 경향이 있지만, 극도의 공포에 사로잡혀 당장 발작이라도 일으킬 듯한 모습이었다. 그는 허겁지겁 자기 손으로 외투를 벗어 던지고 마부에게 큰 소리로 명령했다.

"지금 당장 집으로 가자! 어서 달려!"

주인의 목소리를 들은 마부는 채찍을 사정없이 휘둘러 쏜살같이 말을 몰며 만일의 경우에 대비해 두 어깨 사이로 목을 잔뜩 움츠린 자세를 갖췄다. 왜냐하면 주인의 이런 목소리는 어떤 긴급한 순간에 나오기 일쑤인 데다, 대개의 경우 목소리보다 훨씬 효과가 높은 어떤 행동이 뒤따르는 경우가 태반이었기 때문이었다. 기껏 6분 정도 지났을까, 유력 인사는 벌써 자기 집 현관 앞에 도착했다. 외투를 잃고 겁에 질려 얼굴이 창백해진 그는 카롤리나 이바노브나를 찾아가는 대신 자기 집으로 곧장 달려왔다. 그는 그날 이루 말할 수 없는 불안에 잠겨 하룻밤을 꼬박 샜다. 그래서 이튿날 아침 차를 마실 때 딸로부터 "아빠, 오늘은 안색이 아주 좋지 않아요."라는 말까지 들었다. 그러나 그는 아무 대답도 하지 않았다. 그는 어제 저녁에 어디를 갔는지, 어디를 가려고 했는지, 그리고 자기한테 무슨 일이 일어났는지에 대해서 단 한마디도 입 밖에 꺼내지 않았다.

이 사건은 그에게 엄청난 충격을 주었다. 그는 이제 부하 관리들에게 "자네가 감히 그렇게 할 수 있단 말인가? 지금 자네 앞에 있는 사람이 누군지 아나?"라는 말을 전보다 훨씬 덜 사용하게 되었다. 설사 그런 말을 하는 경우라 해도 우선 상대방의 사정부터 듣고 나서 하게 되었다. 그러나 그보다 더욱 중요한 사실은, 그날 밤 이후 그 관리 옷차림을 한 유령이 두 번 다시 나타나지 않게 되었다는 점이다. 아마 그 장관의 외투가 유령에게 딱 맞았던 모양이다. 하여튼 이제 어디서 누군가가 외투를 빼앗겼다는 소문은 더 이상 들려오지 않았다. 하긴 소심하고 지나치게 성격이 꼼꼼한 친구들은 아무래도 안심이 되지 않는지 아직 도시의 변두리에서는 그 관리 옷차림의 유령이 등장한다고 수군대고 있었다.

사실 콜로멘스키의 어떤 경찰 한 사람은 어느 집 모퉁이에서 그 유령이 나타나는 것을 직접 눈으로 본 일도 있다고 했다. 하지만 이 경찰은 원래가 형편없는 약체였다. 언젠가 한번은 절반 정도 자란 돼지 새끼 한 마리가 민가에서 달려 나오며 그의 다리를 들이받는 바람에 그 자리에 벌렁 나자빠져 근처에 있던 마부들이 배를 움켜쥐고 웃어 댄 일도 있었다. 그때 그 경찰은 마부들이 자기를 모욕했다며 한 사람당 1코페이카씩 강제로 거둬들인 일까지 있었다. 이렇게 약골인 친구여서 그는 유령을 보고도 차마 직접 불러 세울 용기가 없어 그대로 어둠 속을 뒤따라갔다.

그러나 유령은 얼마쯤 걷다가 그 자리에 우뚝 멈춰 서더니 뒤를 돌아보고는 그 경찰에게 "넌 도대체 뭐야?" 하고 물었다. 유령은 그러면서 도저히 사람의 것이라고는 믿기 어려울 만큼 커다란 주먹을 경찰에게 불쑥 내밀었다. 그 바람에 경찰은 "아니오, 아무것도 아닙니다!"라고 대답하고는 얼른 되돌아왔다. 그러나 그 유령은 키도 훨씬 더 크고 콧수염까지 큼직하게 기르고 있었다. 그 유령은 오부호프 다리 쪽으로 걸어가는 것 같더니 이윽고 밤의 어둠 속으로 완전히 사라져 버렸다.

코

1

3월 25일, 페테르부르크에서 정말 이상한 일이 벌어졌다. 보즈네센스키 거리에 살고 있는 이발사 이반 야코블레비치(그의 성이 무엇인지 아는 사람은 없다. 이발소 간판에도 묽게 비누거품을 칠한 신사의 얼굴과 '검은 점을 빼드립니다.'라는 글귀만이 보일 뿐 그 외에는 아무것도 없었다.)는 일찍 눈을 떴다. 따끈한 빵 냄새가 풍겨 왔다. 그는 침대에서 비스듬히 몸을 일으켰다. 커피를 몹시 좋아하는 그의 뚱보 마누라가 페치카에서 마침 다 구워진 빵을 꺼내고 있는 모습이 보였다.

"여보! 프라스코비야 오시포브나! 오늘은 커피를 안 마실래."

이반 야코블레비치가 말했다.

"대신 양파가 들어 있는 따뜻한 빵과 차를 마시고 싶은데……."

사실 이반 야코블레비치는 빵과 커피를 다 먹고 싶었지만, 그의 마누라가 먹는 것에 욕심내는 것을 싫어했기 때문에 한꺼번에 두 가지를 요구할 수가 없었다.

'바보 같으니라고, 빵이나 실컷 먹으라지. 오히려 나한테는 그게 더 잘됐지 뭐.'

프라스코비야 오시포브나는 속으로 이렇게 생각했다.

'커피가 한 잔 남게 될 테니까.'

그렇게 생각하고서 그녀는 식탁에다 빵 한 덩이를 휙 던져 주었다.

이반 야코블레비치는 예의를 갖춰 어깨 위에 단정하게 실내복을 걸치고 식탁 앞에 앉았다. 그는 양파와 빵에 소금을 뿌린 다음 칼을 들고 거드름을 피우며 빵을 자르기 시작했다.

빵이 두 조각으로 갈라지자 그는 그 속을 힐끗 들여다보았다. 그런데 무언가 희끄무레한 것이 눈에 들어오는 것이 아닌가! 그는 칼끝으로 조심조심 그것을 헤집고 손가락으로 더듬어 보았다.

'꽤 단단하네!'

그는 속으로 중얼거렸다.

'이게 대체 뭘까?'

그는 마침내 손가락을 넣어 그것을 끄집어냈다.

'코다!'

이반 야코블레비치는 얼른 두 손으로 그것을 밀어 넣고는 눈을 비비며 다시 만져 보았는데 역시 그것은 코, 사람의 코가 분명했다. 더군다나 어디에선가 본 적이 있는 코였다. 그의 얼굴에는 당혹한 표정이 역력했다. 하지만 그 놀라움은 그의 마누라가 터뜨린 분노에 비하면 아무것도 아니었다.

"아니, 당신! 도대체 어디에서 남의 코를 잘라 온 거야?"

그녀는 화가 치민 음성으로 버럭 고함을 질렀다.

"사기꾼에 술주정뱅이 같으니라고! 내가 직접 당신을 경찰에 고발해야겠어! 강도도 이만저만한 강도가 아니군! 면도할 때 당신이 남의 코를 힘껏 잡아당긴다는 말을 이미 세 사람한테서나 들었어."

그러나 이반 야코블레비치는 넋이 나간 사람처럼 멍하니 앉아 있었다. 그는 이 코가 매주 수요일과 일요일에 면도를 하러 오는 8급 관리 코발로프의 코라는 것을 알 수 있었다.

"잠깐만, 프라스코비야 오시포브나! 내가 이 코를 헝겊에 싸두었다가 나중에 가지고 나가 버리면 되잖아."

"그따위 소리는 듣기 싫어요! 나더러 남의 얼굴에서 떼어 낸 코를 방에다 놔두라고? 당신 같은 못난 사람은 아마 세상에 없을 거야! 기껏 허리끈에다 면도칼이나 문질러대는 재주밖에 없으면서 제 할 일 하나 제대로 처리할 줄 모르니! 내가 당신 대신 경찰서에 가서 적당하게 처리해 주겠거니 하는 거죠? 천만의 말씀! 당신 같은 바보는 정말이지 처음이야. 어서 갖고 나가지 못해요? 그게 또 내 눈에 보였다가는 가만 놔두지 않을 테니까!"

이반 야코블레비치는 무엇에 호되게 얻어맞기라도 한 것처럼 멍한 얼굴로 서 있었다. 이리저리 머리를 굴려 보았지만 무엇을 어떻게 해야 좋을지 알 수 없었다.

"도대체 어떻게 이런 일이 일어날 수 있을까?"

한참만에 그는 뒤통수를 긁적이며 이렇게 중얼거렸다.

"지금으로서는 어제 내가 술에 취해 돌아왔는지 아닌지조차 분명히 기억할 수가 없어. 하지만 어찌 되었든 이건 도저히 있을 수 없는 일이야. 빵은 잘 구워졌는데, 그 속의 코는 전혀 그렇지가 않다니. 어떻게 된 일인지 도무지 알 수가 없군!"

이반 야코블레비치는 입을 다물었다. 이 사실이 경찰에 알려지면 자기에게 죄가 덮어씌워 질 것이라 생각하니 당장이라도 기절할 지경이었다. 벌써부터 은빛 장식으로 화려하게 수놓은 경찰복의 붉은 옷깃이며 대검이 눈앞에 아른거리기 시작했다. 그의 온몸이 후들후들 떨려 왔다.

마침내 이반 야코블레비치는 바지와 구두를 꺼내 초췌한 차림새를 하고서 마누라의 지겨운 잔소리를 뒤로 한 채 코를 헝겊에 싸들고 큰 길로 나왔다. 그는 그것을 어느 집 대문의 돌 사이에 끼워 넣거나, 아니면 아무 데라도 길바닥에 슬그머니 떨어뜨리고 얼른 골목길로 돌아가려는 생각이었다. 그런데 공교롭게도 잘 아는 사람과 만나고 말았다.

"어딜 가는 길인가? 이렇게 일찍 누구 집에 면도라도 해 주러 가는 건가?"

그가 귀찮게 묻는 바람에 이반 야코블레비치는 도저히 적당한 기회를 잡을 수가 없었다.

또 한번은 감쪽같이 코를 떨어뜨리긴 했지만 마침 멀리서 순찰을 하고 있던 경찰이 곤봉으로 그것을 가리키며 주의를 주었다.

"이봐, 당신! 거기 뭘 떨어뜨렸어. 주워 가지고 가시오!"

그래서 이반 야코블레비치는 하는 수 없이 코를 주워 다시 호주머니 속에 넣지 않을 수 없었다. 그러다 보니 어느새 거리의 크고 작은 상점들이 문을 열기 시작하고, 거리에 사람들의 왕래가 늘어나자 그는 절망에 빠지기 시작했다. 그는 이사키예프스키 다리로 가기로 결심했다. 어쩌면 코를 네바 강에 슬쩍 버릴 수 있을지도 모른다고 생각했기 때문이다.

그건 그렇다 치고, 여러 면에서 볼 때 존경할 만한 인물인 이반 야코블레비치에 대해서 지금까지 한마디 소개조차 하지 않았다는 것은 미안한 일이 아닐 수 없다. 이반 야코블레비치는 러시아의 솜씨 있는 이발사들이 모두 그렇듯 엄청난 애주가였다. 게다가 거의 매일 남의 수염을 밀어 주고 있으면서도 자기 스스로는 좀처럼 면도를 하지 않는다. 그의 모닝코트(그가 프록코트를 입은 적은 한 번도 없었다.)는 얼룩덜룩해 보이는데, 원래 검은빛이던 것이 퇴색해 지금은 온통 누렇고 회색의 얼룩 투성이로 변해 버렸다. 옷깃은 반지르르하게 닳았고, 단추가 세 개나 떨어져 나가 그 자리에는 실밥만 남아 있었다. 때때로 이반 야코블레비치는 상당한 뱃심을 보여 주고는 했다. 8급 관리 코발로프는 면도를 할 때마다 그를 놀렸다.

"여보게, 이반 야코블레비치, 자네 손에서는 언제나 구린내가 나는군!"

"글쎄요. 어째서 구린내가 나는 것일까요?"

그가 반문하면 8급 관리는 퉁명스럽게 대답했다.

"어째서인지는 모르지만, 어쨌든 구린내가 난다네."

그러면 이반 야코블레비치는 코담배를 콧구멍에 갖다 대고 흥흥 들이마시고 나서 말대꾸를 하는 대신 8급 관리의 볼이건 코밑이건 귀 뒷부분, 혹은 턱밑에 손이 가는 대로 마구 비누칠을 하는 것이었다.

이 존경할 만한 사람은 어느새 이사키예프스키 다리에 도착했다. 그는 우선 주위를 한번 둘러보고 나서, 마치 다리 밑에 물고기가 많이 있는지 어떤지 내려다보는 것처럼 난간에 몸을 의지하고 상반신을 굽혔다. 그리고 코를 싼 헝겊을 슬쩍 아래로 떨어뜨렸다. 마치 10푸드(1푸드는 16.38킬로그램)나 되는 무거운 짐을 내려놓은 듯이 홀가분한 기분이었다. 이반 야코블레비치의 입가에 슬그머니 만족스러운 미소가 떠올랐다.

　그는 관청 사람들을 면도해주러 갈 생각은 않고 '식사와 차'라는 간판이 걸린 가게를 향해 발길을 돌렸다. 픈쉬(술과 과즙, 설탕 등으로 만든 음료를 말한다_옮긴이))를 한잔 마시고 싶었기 때문이다. 그 순간 구레나룻을 탐스럽게 기르고 삼각모에 제복을 갖춘 의젓한 경찰 한 명이 다리에 서 있는 모습이 그의 눈에 들어왔다. 그는 정신이 아찔해졌다.

　"이봐, 거기. 이리 좀 와 봐!"

　이반 야코블레비치는 이럴 때 어떻게 대처해야 하는지 잘 알고 있었으므로 멀리서부터 모자를 벗어들고 달려가서 인사를 했다.

　"경찰 나리, 안녕하십니까?"

　"경찰 나리고 뭐고, 자네 조금 전에 저기 다리 위에 서서 무슨 짓을 했지? 사실대로 말해 봐!"

　"사실은 말입니다. 경찰 나리, 면도를 해드리러 가는 길에 물살이 빠른지 어떤지 보려고 내려다보았습니다. 그저 그것뿐입니다."

　"거짓말을 하는군. 그런 수작에 누가 넘어갈 줄 아나? 어서 바른 대로 말해!"

　"그보다도 경찰 나리, 일주일에 두 번, 아니 세 번씩이라도 좋습니다. 경찰 나리의 면도를 해 드리죠. 물론 공짜로 말입니다."

　이반 야코블레비치가 말했다.

　"쓸데없는 소리 마! 내 수염을 밀어 주는 이발사가 세 명이나 있는데, 그 친구들은 모두 그 일을 대단한 영광으로 생각하고 있단 말이야. 그건 그렇고, 저기서 대체 무슨 일을 했는지 그거나 어서 말하지 못해?"

이반 야코블레비치는 새파랗게 질렸다. 하지만 여기서 사건은 결국 미궁 속에 파묻혔고, 그 후 어떻게 되었는지는 전혀 알 수 없다.

2

8급 관리 코발로프는 이른 아침 눈을 뜨자마자 한껏 숨을 내쉬며 입술을 부르르 떨었다. 왜 그런지는 자신도 설명하기 어렵지만, 어쨌든 아침에 눈을 뜨면 늘 하는 버릇이었다.

코발로프는 늘어지게 기지개를 켜고 탁자 위에 놓인 거울을 집어 들었다. 어젯밤에 돋은 콧등 위의 여드름이 어떻게 되었는지 보고 싶어서였다. 그런데 어찌 된 일인지 코가 있어야 할 자리가 아주 편평해진 것이 아닌가! 깜짝 놀란 코발로프는 물을 가져오라고 해 눈곱을 닦고 다시 거울을 보았다. 그런데 정말로 코는 그 자리에 없었다! 혹시 꿈을 꾸고 있는 것이 아닌가 해서 손으로 만져 보기도 했고, 몸을 꼬기도 했지만 꿈은 아닌 듯했다. 코발로프는 침대에서 벌떡 일어나 온몸을 흔들어 보았다. 그러나 어디에도 코는 없었다. 그는 하인에게 급히 옷을 가져오게 하여 걸쳐 입기가 무섭게 경찰서장에게로 달려갔다.

여기서 8급 관리 코발로프가 어떤 인물인지에 대해서 소개할 필요가 있을 것 같다. 8급 관리 가운데는 우수한 성적으로 이 직책을 얻은 부류와 카프카스 등지에서 이리저리 돌아다니다가 직위에 오른 부류가 있는데, 이 두 부류를 결코 동일하게 취급해서는 안 된다. 완전히 다른 족속이기 때문이다.

학력을 지닌 8급 관리라면 대부분……, 아니 그보다는 러시아가 정말 이상한 나라라서 어떤 8급 관리에 대해 한마디라도 하면, 리가에서 캄차카에 이르는 전국의 모든 8급 관리들이 '틀림없이 내 이야기를 하고 있구나.'라고 생각한다. 그 외의 어떤 관등이나 직책을 가진 인간들도 이런 점에서는 마찬가지라고 할 수 있다.

아무튼 코발로프는 카프카스 출신의 8급 관리였다. 그가 8급 관리의 지위를 얻은 것은 이제 2년밖에 되지 않았기 때문에 그의 머릿속에는 그 칭호가 한시도 떠나지 않았다. 더군다나 그의 위신과 품위를 높이 보이기 위해 스스로를 8급 관리라고 자칭하는 일은 절대 없었으며, 언제나 자신을 소령이라고 부르고 있었다.

"이봐, 알겠나?"

옷 장사를 하는 아낙을 거리에서 만나면 그는 이렇게 말한다.

"우리 집으로 갖다주게. 사도바야 거리에 가서 아무에게나 코발로프 소령이 사는 곳이 어디인지 물어보면 다 가르쳐 줄 거야."

어쩌다가 그 옷 장사꾼의 얼굴이 반반하게 생긴 여인이면 반드시 덧붙이는 말이 있다.

"꼭 코발로프 소령 댁이라고 물어봐야 해, 알았지?"

이런 연유로, 우리도 앞으로 이 8급 관리를 소령이라고 부르는 것이 좋겠다.

코발로프 소령은 매일같이 네프스키 거리를 산책하는 것이 습관처럼 되어 있었다. 그의 셔츠 깃은 언제나 하얗고 빳빳하게 풀이 먹여 있었다. 그리고 그는 구레나룻을 기르고 있었는데, 주지사, 건축가, 연대 소속의 군의관처럼 뺨이 불그스레하고 토실토실하며 카드놀이를 잘하는 관리들에게서나 볼 수 있는 그런 종류의 것이었다. 그 수염은 뺨 한가운데를 지나 바로 코밑에 이르고 있었다. 또한 코발로프 소령은 문장이 새겨진 호박 도장이며, '수요일', '목요일' 혹은 '월요일' 등과 같은 글자가 새겨진 나무 도장을 많이 가지고 다녔다.

코발로프 소령이 페테르부르크에 온 데는 이유가 있었다. 그는 자기 관등에 맞는 지위를 구하려고 올라온 것이었다. 어느 곳의 부지사나 쟁쟁한 관청의 감찰관 정도의 자리를 노리고 있었다. 코발로프 소령이 결혼 문제를 염두에 두고 있지 않은 것은 아니었지만, 그것도 신부에게 20만 루블 정도의 지참금이 붙어 있는 경우에 한하는 것이었다. 이 정도 소개하면 제법 잘생기고 반듯하게 균형 잡힌 코가 흔적도 없이 사라지고 그 자리가 보기 흉할 만큼 편평하고 반들반들해진 것을 발견한 순간, 그의 심정이 어떠했을지 독자들은 이해할 수 있을 것이다.

공교롭게도 거리에는 마차가 한 대도 없었다. 그래서 그는 외투로 몸을 감싸고 코피가 나오기라도 하는 것처럼 손수건으로 얼굴을 가린 채 걸어갈 수밖에 없었다.

'아니야. 어쩌면 내가 잘못 생각했을지도 몰라. 사람의 코가 그렇게 쉽게 떨어져서 달아날 리가 있나?'

그는 거울을 보고 다시금 확인하기 위해 제과점에 들렀다. 다행히 제과점 안에는 손님이 아무도 없고 일하는 아이들만이 바닥을 쓸거나 의자를 정돈하고 있었다. 잠이 덜 깬 얼굴로 막 구워 낸 듯한 따끈따끈한 빵을 담아 나르고 있는 아이도 있었다. 식탁과 의자 위에는 커피로 얼룩진 어제 신문이 아무렇게나 놓여 있었다.

"음, 마침 아무도 없어서 다행이군!"

그는 혼잣말로 중얼거렸다.

"이제야 거울을 볼 수가 있겠군."

그는 주춤거리며 거울로 다가가서 슬쩍 얼굴을 비춰 보았다.

"이런, 젠장!"

그는 내뱉듯이 말했다.

"코가 없어졌으면 다른 거라도 대신 붙어 있어야 할 것 아냐! 그런데 이건 아무것도 붙어 있지 않으니…….''

그는 분한 듯이 입술을 깨물면서 제과점에서 나왔다. 그러고는 앞으로 누구를 만나더라도 전혀 못 본 체하고 또 아무에게도 웃어 보이지 않으리라고 마음속으로 다짐했다. 이것은 평소 그의 행동과는 다른 것이었다. 그런데 갑자기 그는 어느 집 문밖에서 못이 박힌 듯 우두커니 서고 말았다. 상식적으로는 절대 이해할 수 없는 이상한 일이 바로 그의 눈앞에서 벌어진 것이다. 현관 앞에 개인용 마차 한 대가 멈춰 서더니 문이 열리고 정장 차림의 한 신사가 몸을 구부리고 뛰어 내려 계단을 뛰어 올라갔다. 그런데 그가 바로 다름 아닌 소령 자신의 코라는 것을 알았을 때, 그의 놀라움과 두려움은 이루 말할 수 없었다.

이 괴이한 광경이 눈에 들어온 순간 그는 눈앞의 모든 것이 몽땅 뒤집어진 것만 같아서 그 자리에 서 있을 수가 없었다. 그러나 그는 열병에 걸린 사람처럼 온몸이 후들거리면서도 무슨 일이 있어도 자기 코가 마차로 돌아올 때까지 기다려야겠다고 결심했다.

2분 정도가 지나자 코, 즉 신사가 돌아왔다. 코 신사는 커다란 깃을 세우고 금실로 수놓은 제복에 양가죽 바지를 입고 허리에는 벨트를 매고 있었다. 깃이 달린 모자로 보아 그가 5급 관리의 신분이라는 것을 알 수 있었다. 그리고 그 밖의 모든 점으로 미루어 볼 때 그는 누군가를 방문하러 온 것이 분명했다. 코 신사는 좌우를 한번 둘러보더니 마부에게 소리쳤다.

"마차를 이리 갖다 대거라!"

코 신사는 마차에 올라앉자 곧 어디론가 떠나가 버렸다.

가엾은 코발로프 소령은 미칠 것만 같았다. 그는 이처럼 기묘한 사건을 어떻게 해석해야 좋을지 도무지 알 수가 없었다. 어제까지만 해도 분명히 자기 얼굴에 붙어 있던 코, 걸어다니지도 않고 타고 다닐 수도 없는 그 코가 제복을 입고 돌아다니다니, 아무리 생각해도 있을 수 없는 일이었다. 그는 마차를 쫓아 달려갔다. 다행이 마차는 멀리 가지 않고 카잔 성당 앞에서 멈추었다.

그는 성당으로 급히 달려갔다. 그리고 이전에 그 꼴이 우습다고 조소를 보냈던, 얼굴에 온통 헝겊을 감고 빠끔히 뚫린 두 개의 구멍으로 눈만 내놓고 있는 노파와 거지들이 줄지어 서 있는 사이를 헤치고 대성당 안으로 들어갔다. 성당 안에서 기도하는 사람들은 그리 많지 않았다. 그들은 모두 문가에 몰려 있었다.

코발로프 소령은 자신이 도저히 기도를 드릴 수 없을 정도로 혼란 상태에 빠져 있음을 느꼈다. 그는 이리저리 살펴보며 방금 전의 코 신사가 어디에 있는지 찾다가 한참만에 저만치 서 있는 그를 발견했다. 코 신사는 커다란 옷깃 속에 얼굴을 푹 묻고 자못 경건한 표정으로 기도를 드리고 있었다.

"어떻게 저 옆으로 갈까?"

코발로프는 생각했다.

"저 제복이나 모자로 보아 틀림없이 5급 관리군. 빌어먹을, 어떻게 하면 좋을까?"

코발로프는 그의 곁으로 다가가서 몇 차례 헛기침을 해 보았다. 그러나 코 신사는 기도하는 자세를 조금도 흐트러뜨리지 않고 고개를 숙인 채 여전히 기도만 드리고 있었다.

"실례합니다만……."

코발로프는 마음을 굳게 먹고 입을 열었다.

"실례합니다……."

"왜 그러시죠?"

코 신사가 돌아보며 물었다.

"조금 이상한 일이 생겨서 말입니다……. 그러니까……, 당신은 본인이 있어야 할 자리를 알고 계실 듯한데요. 그런데 이런 성당 안에서 뵙게 되다니 정말 이상한 일이군요. 그렇지 않습니까?"

"미안합니다만, 당신이 지금 무슨 말을 하는지 알아들을 수 없군요. 좀 더 분명하게 말씀해 주십시오."

'어떻게 해야 알아들을까?'

코발로프는 잠시 생각하고 나서 용기를 내어 입을 열었다.

"물론 저는……, 이렇게 말하는 저는 소령입니다. 그런데 제가 코가 없이 다녀야 한다는 것은……, 이해하시겠지요? 정말이지 창피한 일입니다. 보스 크레센스키 다리에서 껍질을 벗긴 오렌지를 팔고 있는 장사꾼 따위라면 코가 없는 얼굴로 앉아 있을 수도 있겠지요. 하지만 머지않아 틀림없이 이 지역 지사 자리에 오를 인물이 이래서야 되겠습니까? 더군다나 5급 관리 부인인 체흐타례바를 비롯해서 다른 여러 부인을 만나고 있는데……. 생각해 보면 아실 겁니다. 저는 도대체 당신이……."

이렇게 말하면서 코발로프 소령은 두 어깨를 들썩였다.

"아니, 말이 조금 빗나간 것 같습니다만……, 만일 이번 사건을 의무와 명예에 관한 법으로 따져 본다면……, 제가 말하지 않아도 당신이 더 잘 알고 계실 줄로 믿습니다만."

"무슨 말인지 도무지 알 수가 없군요!"

코 신사는 이렇게 대답했다.

"좀 더 이해하기 쉽게 설명해 주셨으면 합니다."

"그렇다면 말씀드리겠습니다."

코발로프 소령은 위엄 있게 보이려고 애쓰며 말했다.

"오히려 제가 당신 말씀을 어떻게 해석해야 할지 모르겠군요. 문제는 지극히 명백한 것 같은데요……. 굳이 제 입으로 분명하게 말해 달라고 하신다면……, 당신은 다름 아닌 내 코가 아닙니까?"

코 신사는 약간 얼굴을 찌푸리며 소령을 바라보았다.

"당신이 무언가 잘못 생각하신 모양이군요. 이것 보세요! 나는 어디까지나 나 자신입니다. 더군다나 나하고 당신 사이에는 어떤 밀접한 관계도 있을 수 없어요. 당신 제복에 달린 완장만으로도 나와는 다른 관청에 소속되어 있다는 것을 알 수 있군요."

이렇게 말하고 나서 코 신사는 소령을 외면하고 다시 기도를 드리기 시작했다.

코발로프 소령은 어리둥절해서 어떻게 해야 할지, 어떤 생각을 해야 할지 도무지 갈피를 잡을 수가 없었다. 이때 가볍게 옷자락 스치는 소리가 들리더니 온몸을 레이스 깃으로 장식한 중년의 부인과 날씬한 허리에 매우 돋보이는 새하얀 옷을 입고 만두처럼 부풀어 오른 크림빛 모자를 쓴 가냘픈 몸매의 부인이 들어왔다. 그리고 그 뒤로 풍성한 구레나룻에 한 다스는 되어 보이는 여러 가지 깃을 목에 두른 훤칠한 신사가 따라 들어왔다. 신사는 걸음걸이를 멈추고 담뱃갑을 열었다.

코발로프 소령은 부인들의 곁으로 다가서서 옷깃을 보기 좋게 약간 뒤로 잡아당기고 금줄이 늘어진 복장을 가지런히 바로잡았다. 그러고는 미소 띤 얼굴로 목을 세워 좌우를 둘러보고는 날씬한 부인 쪽으로 시선을 돌렸다. 그녀는 봄꽃처럼 가볍게 고개를 숙인 뒤 희다 못해 거의 투명하게 보이는 양초 같은 손을 이마로 가져갔다. 코발로프 소령의 얼굴에 떠오른 미소는 그녀의 하얀 턱과 초봄에 피어나는 장밋빛 뺨이 모자 밑으로 살짝 드러났을 때, 더욱 환하게 퍼졌다.

그 순간 그는 불에 데기라도 한 것처럼 흠칫하면서 물러났다. 코가 붙어 있어야 할 자리에 아무것도 없다는 사실이 떠올랐기 때문이다. 그의 눈에서 한 줄기 눈물이 흘러 나왔다. 그는 제복을 입은 신사를 몰아 붙여야겠다고 다짐했다.

'너는 이렇게 5급 관리인 척하고 있지만, 비열한 사기꾼일 뿐이다! 너는 내 코가 아니냐?'

이렇게 결심하고 옆을 돌아보았다. 그러나 코 신사는 이미 그 자리에 없었다. 아마도 다시 누군가를 방문하려고 마차를 타고 가 버린 것 같았다. 코발로프 소령은 절망감에 빠지고 말았다. 그는 다시 발길을 돌려 둥근 기둥이 늘어선 바깥쪽 복도로 나와 잠시 걸음을 멈추고는 혹시 코 신사가 보이지 않을까 싶어 사방을 유심히 살펴보았다. 코 신사의 모자에 깃털이 장식되어 있고 제복에 금실로 수가 놓여 있었다는 것은 분명히 기억하고 있었지만, 그가 어떤 외투를 입고 있었는지, 마차나 말이 어떤 빛깔이었는지, 그리고 하인이 있었는지 없었는지 등은 단 하나도 똑똑히 보지 못했던 것이다.

더군다나 거리에는 수많은 마차가 오가고 있었을 뿐만 아니라, 모두 굉장히 빠른 속력으로 달리고 있어 일일이 눈여겨볼 수도 없는 일이었다. 설령 그 가운데 비슷한 마차를 발견했다 하더라도 그것을 멈추게 할 방법도 없었다.

그날은 활짝 갠 화창한 날씨였고, 네프스키 거리에는 수많은 인파로 넘쳐 나고 있었다. 폴리체이스키 다리에서 아니치킨 다리에 이르는 길 어디에서나 잘 차려입은 부인들이 마치 폭포처럼 떼 지어 걷고 있었다. 저쪽에는 그가 잘 아는 7급 관리도 걸어가고 있었다. 코발로프 소령은 그를 중령이라고 불렀는데, 특히 사람들 앞에서는 더더욱 그를 그렇게 불렀다. 하원의 과장이자 코발로프와는 친한 친구인 야르쉬킨의 모습도 보였다. 여덟 명 이하의 카드놀이에서 언제나 돈을 잃는 사람이었다. 그리고 카프카스에서 8급 관리의 지위를 얻은 다른 소령도 그에게 손을 흔들면서 오라는 손짓을 하고 있었다.

"제장, 어디를 돌아다닐 수 있어야 말이지!"

코발로프는 혼자 중얼거렸다.

"이봐, 마부! 당장 경찰서장한테 가세!"

코발로프는 마차에 올라앉기가 무섭게 전속력으로 달리라고 마부에게 소리를 질렀다.

"경찰서장, 집에 계신가?"

그는 현관에 들어서자 커다란 소리로 물었다.

"안 계십니다."

경비원이 대답했다.

"방금 외출하셨습니다."

"이런 참, 일이 안되려니까!"

"그러게 말이죠."

경비원이 말을 받았다.

"서장님은 방금 나가셨습니다. 조금만 빨리 오셨어도 만나셨을 텐데요!"

코발로프 소령은 손수건으로 얼굴을 가린 채 다시 마차에 올라타고는 절망에 휩싸인 듯 외쳤다.

"자, 가자!"

"어디로 말입니까?"

"곧장 가!"

"곧장 가라구요? 여기는 삼거리입니다. 오른쪽으로 갑니까? 왼쪽으로 갑니까?"

마부의 이 질문은 코발로프 소령의 마음을 진정시키고 그로 하여금 다시 곰곰이 생각하게 만들었다. 그의 입장에서는 우선 경찰서에 사건을 신고하는 것이 원칙이었다. 그것은 이 일이 경찰과 직접적인 연관이 있어서라기보다는 경찰의 수배가 다른 기관으로부터 도움을 받는 것보다는 훨씬 신속하기 때문이었다.

코 신사가 일하고 있다는 관청의 상관에게 호소해서 사건을 처리하려는 생각은 매우 무모한 일이었다. 왜냐하면 코 신사의 말투나 조금 전의 답변에서 이미 알 수 있듯이 그런 작자에게 양심이라고는 눈 씻고 찾아봐도 없을뿐더러 코발로프를 전혀 모른다고 딱 잡아뗄 것이 뻔했기 때문이다. 경찰서로 가자고 말하려던 순간 코발로프는 문득 이러한 생각을 떠올렸다.

'조금 전에 만났을 때도 그처럼 뻔뻔스럽게 거짓말을 늘어놓던 몰염치한 사기꾼이니 시기를 봐서 페테르부르크에서 도망쳐 버릴지도 몰라. 만약 그렇게 된다면 수사를 해도 헛수고일 것이고, 설령 헛수고는

아니라고 해도 해결하는 데 한 달은 걸려야 할 거야. 그렇다면 이 일을 어쩌면 좋단 말인가!'

마침내 코발로프 소령의 머리에 신의 계시를 받은 듯 한 가지 묘안이 떠올랐다. 그는 즉시 신문사로 달려가서 이 사건의 내막을 상세하게 적어 광고를 내기로 작정했다.

'그렇게 하면 누구든 코 신사를 발견할 테고, 그를 붙잡아서 내게 데려오거나, 아니면 최소한 코 신사가 어디에 사는지라도 알려 줄 것이다.'

이렇게 결심한 그는 마부에게 신문사로 가자고 명령했다. 그리고 신문사로 가는 동안 줄곧 마부의 등을 주먹으로 쿡쿡 찌르며 윽박질렀다.

"빨리, 빨리! 어서 빨리 몰지 못하겠나! 바보 같으니라고!"

"허, 나리도 참……."

마부는 고개를 저으며 늑대처럼 털이 부스스한 말의 잔등을 채찍으로 내려쳤다.

얼마 후 마차가 멈춰 섰다. 코발로프 소령은 숨을 내쉬며 작은 접수실로 달려 들어갔다. 방 안에는 낡을 대로 낡은 외투를 입고, 코 위에 안경을 얹은 백발의 서기가 책상에 앉아서 펜을 입에 문채 광고료로 받은 동전을 세고 있었다.

"광고 접수는 누가합니까?"

코발로프 소령은 큰 소리로 물었다.

"아, 안녕하세요!"

"예, 어서 오십시오."

백발의 서기는 이렇게 대답하면서 잠시 눈을 들어 코발로프를 흘끔 쳐다보고는 다시 수북하게 쌓인 동전 더미로 시선을 떨구었다.

"광고를 내려고 하는데요."

"네, 잠시만 기다려 주세요."

서기는 오른손으로 종이에 적힌 숫자를 짚어 가며 왼손으로 주판알 두 개를 튕겼다.

책상 옆에는 금실로 장식한 제복을 차려입은 것으로 보아 어느 귀족의 하인인 듯한 사람이 서 있었다. 그는 손에 광고 서류를 들고 책상머리에 서 있다가 상냥한 말투로 애교를 부리며 이렇게 말했다.

"아시겠어요? 나리. 단돈 80코페이카도 안 나가는 강아지를 말입니다. 저 같으면 한 푼에 가져가라고 해도 거절하겠지만, 백작 부인께서는 그놈을 여간 귀여워하시는 게 아닙니다. 그래서 말입니다만, 그 강아지 새끼를 찾아 주는 사람에게 100루블을 주시겠다는 말이죠! 나리님이나 저만 보더라도 그렇겠지만, 사람의 취향이라는 게 정말 가지각색이더군요. 한번 개에 미쳤다 하면 사냥개든 애완견이든 간에 500루블이건 1,000루블이건 조금도 아까워하지 않거든요. 그저 어떻게든 좋다는 개를 손에 넣으려고 눈이 뒤집혀 덤벼들거든요."

서기는 진지하게 그의 이야기를 듣고 있으면서도, 한편으로는 그가 접수한 광고문의 글자 수를 세는 데 여념이 없었다. 방 이곳저곳에 제 각기 광고문을 손에 든 몇몇 노파와 점원들, 그리고 심부름꾼들이 서 있었다. 어떤 광고문에는 품행이 바른 마부를 새로 구한다고 쓰여 있 었고, 다른 광고문에는 1814년에 파리에서 수입해 아직 새것이나 다 름없는 마차를 팔겠다는 내용도 있었다. 또 세탁 일 경험이 있고 다른 일도 할 수 있는 19세 미혼녀가 파출부 자리를 구한다는 내용도 있었 고, 스프링이 하나 부족한 튼튼한 경마차라든지, 생후 17년 된 회색 점 이 있는 건강한 말이라든지, 런던에서 새로 들여온 무와 배추씨라든 지, 시설이 잘 갖추어진 별장과 훌륭한 자작나무 숲이나 전나무 숲을 꾸밀 수 있는 공터, 그리고 낡은 구두 밑창을 팔거나 살 사람은 매일 오전 8시부터 오후 3시까지 연락을 주면 직접 찾아간다든지 하는 따 위의 광고들도 있었다.

좁은 접수실이 광고문을 든 사람들로 꽉 들어차 있어 실내 공기가 매우 탁했다. 그러나 8급 관리 코발로프 소령은 그 냄새를 맡을 수조차 없었다. 손수건으로 얼굴을 가리고 있기도 했지만, 실은 있어야 할 코 가 어디론가 사라져 버렸기 때문이었다.

"이봐요, 미안하지만 이것 좀 부탁합니다. 매우 중요한 일이란 말 이오!"

그는 마침내 참을 수 없다는 듯 입을 열었다.

"네, 네, 곧 끝납니다. 2루블 43코페이카입니다! 잠시만요! 1루블

64코페이카입니다!"

광고 접수실의 서기는 노파와 하인 앞으로 글자 수를 계산한 광고문을 내밀면서 말한 다음에야 코발로프에게로 얼굴을 돌리며 물었다.

"무슨 일입니까?"

"그게 말이죠, 사기라고 할까, 속임수라고 할까, 뭐 그런 사건에 걸려 들었는데, 저로서는 지금까지도 어떻게 된 영문인지 도저히 알 수가 없단 말입니다. 그래서 그 사기꾼을 내게 잡아오는 사람에게 충분히 사례하겠다는 광고를 내주었으면 합니다."

"실례지만 당신 성함이 어떻게 되죠?"

"성함이라뇨? 굳이 이름을 말하지 않아도 되지 않소? 나에게는 5급 관리 부인 체흐타례바라든가, 대령 부인 팔라게야, 그리고 리예브나 포드토쉬나 등 가깝게 지내는 귀부인들이 많단 말입니다. 만약 그런 부인들이 알기라도 한다면 그야말로 큰일이죠! 그저 8급 관리, 아니 그것보다 소령급이라는 것만 밝혀도 되지 않겠습니까?"

"그럼 그 도주했다는 놈이 바로 당신 댁의 하인입니까?"

"하인이라고요? 하인 따위가 그런 엄청난 일을 저지르지 못하죠! 도망친 놈은 그러니까 바로 내 코란 말입니다……."

"흠. 거참 이상한 이름도 다 있군요! 그래서 그 코라는 자가 당신에게서 거액의 돈을 사기 쳤다는 말인가요?"

"코라는 것은, 그러니까……, 당신이 착각하고 있는 것 같은데요!

그 코라는 게 바로 내 코로, 그 코가 행방불명이 되었단 말입니다. 세상에 참 별꼴을 다 당합니다!"

"아니, 도대체 어떻게 행방불명이 되었다는 겁니까? 도무지 무슨 말인지 이해할 수가 없군요."

"글쎄, 어떻게 그런 일이 일어났는지 나도 딱히 설명하기가 어렵습니다만, 중요한 것은 그 코가 마차를 타고 시내를 돌아다니면서 5급 관리 행세를 하고 있다는 겁니다.

그래서 나는 하루 속히 그놈을 붙잡아 나에게 끌고 와 달라는 광고를 내려는 겁니다. 코라는 것이 사람의 얼굴에서 눈에 가장 잘 띄는 곳에 붙어 있지 않습니까? 그런 코를 잃어버렸으니 내 심정이 어떻겠소? 발가락 한 개가 없어졌다면 문제가 다르지요. 신발을 신으면 아무도 알아채지 못하니까요. 더군다나 나는 매주 목요일이면 5급 관리 부인 체흐타례바에게 가야 하고, 또 대령 부인 팔라게야, 그리고 리예브나 포드토쉬나와 그 부인의 아주 예쁜 따님은 물론 그 외에도 가깝게 지내는 부인들이 많답니다. 그러니 생각해 보세요. 지금 내 심정이 어떤지⋯⋯. 지금 이대로는 부인들 앞에 모습조차 보일 수 없단 말입니다."

서기는 입술을 굳게 다문 채 무엇인가 깊이 생각하는 것 같았다.

"안 되겠습니다. 그런 광고를 신문에 낼 수는 없습니다."

한참 동안 입을 굳게 다물고 있던 서기가 마침내 이렇게 말했다.

"뭐요? 어째서 낼 수 없다는 말입니까?"

"그런 광고로 해서 우리 신문의 평판이 떨어질지도 모르니까요. 코가 달아났다는 소리가 신문에 나는 날이면 말입니다. 당장에 그 신문은 말도 안 되는 허위 기사가 많다는 둥 뭐라는 둥 하고 말썽이 생길 거란 말입니다."

"아니 어째서 이 광고가 허위 광고라는 겁니까? 그런 걱정은 조금도 할 필요가 없을 것 같은데요."

"그것은 당신 생각일 뿐입니다. 지난주에 이런 일이 있었습니다. 어떤 관리 한 사람이 당신처럼 찾아와서는 광고문을 적은 쪽지를 주더군요. 계산해 보았더니 광고료가 2루블 75코페이카였어요. 그렇지만 그 광고라는 것이 검정색 발바리가 도망쳤다는 것뿐이었습니다. 아무래도 조금 수상하다고 여겼죠. 그랬더니 아니나 다를까. 그것은 누군가를 비방하는 글이었습니다. 그가 말하는 발바리는, 잘 기억나지는 않지만 어느 학교인가 기관에서 일하는 경리를 가리키는 말이었거든요."

"하지만 내가 내려는 광고는 발바리에 관한 것이 아니잖습니까! 내 코에 대한 것이니까, 말하자면 나 자신에 관한 것이나 다를 바 없어요!"

"안 되겠습니다. 아무래도 그 광고는 게재할 수 없어요."

"하지만 틀림없이 내 코는 사라져 버렸단 말이에요!"

"만일 정말로 코가 떨어져 나갔다면 그것은 병원에서 처리해야 할 일인 것 같군요. 요즘은 원하는 대로 멋진 코를 달아 주는 의사가 있다고 하더군요. 하지만 내가 보기에 당신은 명랑한 편이어서 사람들을 놀라게 해 주고 싶어서 그러시는 것 같군요."

"무슨 말씀입니까! 나는 지금 사실을 말하고 있는 겁니다. 일이 이렇게 된 이상 할 수 없군요. 직접 보여 드리죠."

"뭐 그렇게까지 하실 건 없습니다만……."

서기는 코담배를 한번 들이마시고 나서 말을 이었다.

"그래도 괜찮으시다면……."

그는 호기심으로 한마디 덧붙였다.

"한 번쯤 보는 것도……."

코발로프는 얼굴을 가리고 있던 손수건을 거두었다.

"음……. 정말 괴상하군!"

서기는 놀란 듯이 말했다.

"코가 있어야 할 자리가 방금 구워낸 블린(러시아식 팬케이크를 말한다_옮긴이))처럼 번지르르하군요. 세상에, 이렇게 편평할 수가!"

"자, 이래도 할 말이 더 있습니까? 광고를 내지 않으면 안 되는 이유를 이젠 확인하셨지요? 특별히 당신에게는 감사해야겠군요. 이 일로 당신과 알게 되어 무척 기쁩니다."

소령의 어조로 보아 이제는 조금 아첨하는 태도를 취하기로 한 것 같았다.

"광고를 내는 것은 물론 어렵지는 않습니다만…….'"

서기가 대답했다.

"제 생각에는 광고를 내 봐야 당신에게 이로울 것이 하나도 없을 것 같습니다. 그래도 원하신다면, 예술적으로 글을 잘 쓰는 사람을 찾아가서 이 희한한 사건을 주제로 작품을 써 달라고 해《시비르노이 프첼레》 같은 잡지에 투고해 보세요(그는 이 말을 하고 나서 또 한 번 코담배를 들이마셨다.). 그렇게 하면 젊은 사람들에게 교훈이 될 것이고(이번에는 코를 문질렀다.), 세상의 호기심이라도 불러일으킬지도 모르지요.'"

8급 관리 코발로프 소령은 완전히 낙담했다. 그는 극장 광고가 실린 신문의 하단을 향해 시선을 떨구었다. 아름다운 여배우의 이름을 보자 그의 얼굴에 금방 미소가 떠올랐고, 손은 푸른빛 지폐가 들어 있는지 어떤지를 확인하기 위해 주머니 속을 더듬었다. 코발로프의 생각에 적어도 소령급이라면 특석에 자리를 잡아야 하기 때문이었다. 그러나 코 생각에 그는 금방 기가 팍 죽고 말았다.

그러자 코발로프의 가엾은 처지에 서기의 마음이 움직이는 듯했다. 서기는 조금이나마 그의 슬픔을 위로하는 뜻에서 몇 마디 말이라도 자신의 동정 어린 마음을 표현하는 것이 예의라고 생각했다.

"그렇게 황당한 일을 당하다니 뭐라고 위로의 말을 해야 할지 모르겠군요. 어때요, 코담배라도 한 대 맡아 보시는 것이……. 골치 아플 때나 우울할 때 효과가 클뿐더러 치질에도 썩 잘 듣는답니다."

이렇게 말하고 서기는 코발로프에게 담뱃갑을 내밀며 모자를 쓴 부인의 초상화가 그려진 뚜껑을 재미있게 밑으로 내려 젖혔다.

그러나 아무런 생각 없이 입 밖에 낸 이 말이 그만 코발로프의 분통을 터뜨리고 말았다.

"도대체 당신의 농담을 이해할 수가 없소!"

그는 화가 나서 말했다.

"내게서 냄새를 맡는 코가 없어져 버렸다는 사실을 아직도 모르겠단 말씀이오? 담배 소리만 들어도 이젠 진절머리가 나오! 그런 싸구려 베레진스키 담배는커녕 최고급 라페 담배를 권한다고 해도 나에게는 마찬가지란 말이오!"

코발로프는 이렇게 말을 내뱉고는 화가 머리끝까지 나서 신문사를 뛰쳐나온 다음 설탕을 굉장히 좋아하는 경찰서장을 찾아갔다. 경찰서장의 집 현관은 식당으로도 사용되고 있었는데, 상인들이 우정의 표시로 가져온 설탕 덩어리가 가득 쌓여 있었다. 여자 요리사는 경찰서장의 사무용 장화를 정리하고 있었다. 장검과 갑옷 등은 한구석에 잘 걸려 있었고, 그의 세 살짜리 아들은 위엄 있는 삼각모를 만지작거리고 있었다. 말하자면 그는 전쟁과도 같은 공무에서 잠시 벗어나 가정적인 편안함을 맛보려던 참이었다.

코발로프가 경찰서장을 찾아갔을 때는 마침 그가 기지개를 켜고 헛기침을 하면서 말하고 있을 때였다.

"에이, 한두 시간 잠이나 자 볼까!"

그러니까 8급 관리가 들어간 때는 시간상 매우 불리할 때였음을 알 수가 있다. 코발로프가 얼마만큼의 차라도 가지고 갔다면, 그가 선선히 받아 주었을지도 모른다. 경찰서장은 각종 예술품과 공예품에 대한 대단한 애호가였다. 그렇지만 그가 가장 소중하게 여기는 것은 바로 지폐였다.

"이것은 말이야…….".

그는 언제나 이렇게 말하곤 했다.

"이것보다 더 좋은 것은 없거든. 먹을 것을 주지 않아도 되고, 넓은 자리를 차지하지도 않는단 말이야. 언제나 주머니 안에 들어 있고, 어쩌다가 떨어뜨려도 깨지거나 부서지는 일도 없으니 말이야."

경찰서장은 꽤 무뚝뚝하게 코발로프를 맞았다. 그리고 점심 식사 후는 사건을 맡기에 적당하지 못한 시간이라느니, 식사를 하고 난 후는 잠시 휴식을 취하는 것이 자연의 이치라느니(이 말을 듣고 코발로프는 경찰서장이 선현들의 격언에도 상당히 능통하다고 생각했다.), 똑똑한 사람 같으면 코를 떼이는 일 따위는 결코 없었을 것이라느니, 세상에는 별의별 소령이 다 있어서 상당한 지위에 있는데도 속옷조차 없는 사람이 있는가 하면 좋지 않은 곳을 쏘다니는 사람들도 있다느니 하면서 되지 못한 소리를 늘어놓기 시작했다.

이쯤에서 코발로프에 대해서 알아두어야 할 것이 있는데, 그가 걸핏하면 발끈하는 성격의 소유자라는 것이다. 그는 자기 자신에 대한 것이라면 얼마든지 관용적이었지만, 일단 관등이나 직함에 관계되는 경우에는 절대로 간과하지 못했다. 그의 생각에 따르면 연극 공연 같은 데서도 위관급에 관한 것이라면 어떤 일이든지 그냥 넘어가지만 영관급 장교를 조소하는 따위의 장면은 결코 그냥 넘어가지 않았다. 이런 이유로 경찰서장의 그와 같은 냉대에 코발로프는 어쩔 줄 몰라서 고개를 기웃거리며 두 팔을 벌리고 위엄 있게 말했다.

　　"당신의 이런 모욕적인 말에는 나도 할 말이 없소!"

　　이렇게 말하고 그는 자신의 발자국 소리마저도 듣는 둥 마는 둥 하며 집으로 돌아와 버렸다.

　　이미 저녁이었다. 이렇게 모든 노력이 수포로 돌아가고 나니 자기 집마저도 괜히 을씨년스럽고 초라하게 느껴졌다. 집 현관에 들어서니 하인 이반이 낡은 가죽 소파 위에 벌렁 드러누워 천장에 침을, 그것도 신기하게 한 곳에다 계속 명중시키면서 뱉고 있는 모습이 눈에 들어왔다. 이와 같이 무사태평한 하인의 꼴에 불끈 화가 치민 그는 모자로 하인의 이마를 탁 치며 호통쳤다.

　　"이 돼지 같은 놈아, 그 무슨 바보 같은 짓이냐!"

　　이반은 자리에서 벌떡 일어나 재빨리 주인의 등 뒤로 돌아가더니 그의 외투를 받았다.

자기 방으로 들어간 소령은 온몸의 힘이 빠지고 괜히 슬퍼져 안락의자에 몸을 던지고는 바닥이 꺼지도록 한숨을 내쉬었다.

"아아! 맙소사! 이렇게 기막힌 노릇이 어디 있담! 한쪽 팔이나 한쪽 다리가 없어진다고 해도 아마 이보다는 나을 거야. 양쪽 귀가 없어져도 볼품없기는 하지만 그래도 참을 수는 있겠지. 하지만 코가 없어서야 도대체 뭐가 되느냐 말이야. 부엉이라고 보자니 부엉이도 아니고, 사람이라고 보자니 사람도 아니고, 아무런 쓸모도 없는걸! 더군다나 전쟁이나 결투에서 떨어져 나갔다거나, 아니면 내가 무슨 실수를 저질러서 이렇게 됐다면 또 모르지만, 이건 도대체 무엇 때문인지 전혀 영문도 모르게 사라져 버렸으니 말이지! 한 푼의 대가도 없이 그냥 잃게 되었으니, 나 참 기가 막혀서……. 아니야, 아무리 생각해 봐도 이런 일은 있을 수 없어!"

그는 잠시 생각에 잠겼다가 혼잣말을 계속했다.

"코가 없어지다니, 믿을 수 없다! 아무리 생각해도 뭔가 이상해. 이건 분명히 내가 꿈을 꾸고 있거나 환상일 거야. 어쩌면 면도를 하고 나서 물을 마신다는 게 보드카를 마신 건지도 몰라. 그 어리석은 이반이 보드카인 줄 모르고 준 것을 그냥 마셔 버렸는지도 모르지."

코발로프 소령은 자기가 정말 취했는지 확인해 보려고 자기 볼을 힘껏 꼬집어 보았다가 너무 아픈 나머지 '아얏!' 하고 비명을 지를 뻔했다. 여하튼 아픈 것으로 보아 자신이 현실 속에서 살아 움직이고 있음이 분명했다. 그는 조금씩 거울 앞으로 다가갔다. 처음에는 혹시 코가 제자리에 붙어 있을지도 모른다는 생각에 눈을 가늘게 뜨고 거울 속을 들여다보았다. 그러나 다음 순간 그는 흠칫 뒤로 물러서며 중얼거렸다.

"이거야 말로 정말 볼썽사납군!"

사실 도무지 이해할 수 없는 사건이었다. 단추나 은수저, 혹은 시계 따위가 없어졌다고 해도 거기에는 반드시 이유가 있을 것이다. 그런데 자기 코를 잃어버리는 사람이 세상 천지에 어디 있을까? 더군다나 이번 일은 자기 집에서 일어난 일이 아닌가? 코발로프는 여러 가지 정황을 종합적으로 판단한 결과 가장 진실에 가깝다고 생각되는 하나의 추측에 도달했다. 그것은 이 사건의 원인이 대령 부인인 포드토쉬나라는 것이었다.

그녀는 코발로프가 자기 딸과 결혼해 주기를 바라고 있었고, 코발로프 역시 그녀의 딸에게 치근대는 것을 좋아했다. 하지만 그는 결혼에 관한 직접적인 대화만은 피해 온 터였다. 그러던 중 언젠가 대령 부인이 자기 딸과 결혼하는 것이 어떻겠느냐고 터놓고 제의하자, 코발로프는 자신은 아직 젊으니 앞으로 5년 정도는 더 관리 생활을 하고 싶으며, 그때는 자신이 마흔두 살이 될 것이므로 그때가 적당할 거라고 얼버무렸다. 그는 그 일에 대한 앙갚음으로 대령 부인이 요술쟁이 노파를 시켜서 자기 얼굴을 못 쓰게 만든 것이 분명하며, 그렇지 않고서야 멀쩡한 코가 달아날 리가 없다고 생각하기에 이른 것이다.

그날 저녁 그의 방에 들어온 사람은 아무도 없었다. 이반 야코블레비치가 와서 면도를 한 것은 수요일이었고, 그날은 물론 그다음 날인 목요일에도 코는 온종일 붙어 있었다. 이것은 그도 똑똑히 기억하고 있는 사실이었다. 그건 둘째 치더라도 만일 코가 잘려 나갔다면 아팠어야 할 것이 아닌가? 또한 코가 잘려 나간 자리가 이렇게 빨리 아물어 블린처럼 반질반질해질 리 만무했다. 코발로프 소령은 정식으로 법적 절차를 밟아 대령 부인을 법정으로 끌어낼 것인가, 아니면 직접 그녀에게 찾아가서 담판을 지을 것인가를 놓고 이리저리 궁리해 보았다.

그러나 그의 생각은 갑자기 문틈으로 스며든 불빛 때문에 중단되고 말았다. 이반이 문간방에서 촛불을 켠 모양이었다. 잠시 후 이반이 촛불을 들고 방 안을 환하게 밝히면서 들어왔다. 코발로프는 급히 손수건을 집어 어제까지 코가 붙어 있던 자리를 가렸다. 멍청한 하인이 주인의 괴상한 얼굴을 발견하고는 넋을 잃고 바라볼 수 있기 때문이었다.

이반이 자신의 구석방으로 물러나자마자 이번에는 현관에서 낯선 사람의 목소리가 들려왔다.

"여기가 8급 관리 코발로프 씨 댁입니까?"

"그렇소. 코발로프 소령은 여기 있소."

코발로프는 벌떡 일어나서 방문을 열었다. 낯선 손님은 적당히 살이 오른 볼에 거무스레한 구레나룻을 기른 풍채 좋은 경찰이었는데, 그는 다름 아닌 이 이야기의 서두 부분에서 잠시 등장한 바 있는, 이사키예프스키 다리 옆에 서 있던 바로 그 경찰이었다.

"혹시 코를 잃어버리지 않았습니까?"

"네, 그렇습니다."

"오늘 그 코가 발견되었습니다."

"정말입니까?"

코발로프 소령은 자신도 모르게 큰 소리를 질렀다. 너무도 기쁜 나머지 혀가 잘 돌아가지 않을 지경이었다. 그는 눈을 동그랗게 뜨고, 자기 바로 앞에 서 있는 경찰의 촛불을 받아 번들거리는 두툼한 입술과 양 볼을 바라보았다.

"어떻게 찾았습니까?"

"참으로 우연의 일치였지요. 멀리 달아나기 전에 붙잡았습니다. 마차를 타고 막 리가 방면으로 도주하려던 찰나였지요. 여권도 오래전 어느 관리의 이름으로 되어 있더군요. 다행히 제가 안경을 쓰고 있었기 때문에 그것이 코라는 것을 바로 알아챌 수 있었지요. 원래 나는 근시라서 당신이 이렇게 눈앞에 서 있어도 얼굴이나 희미하게 알아볼 수 있지 코나 수염 같은 것은 분간하기 힘들죠. 장모님, 그러니까 우리 마누라의 어머니도 나처럼 눈을 뜬 봉사와 마찬가지랍니다."

코발로프는 숨이 막힐 지경이었다.

"그러면 놈은 지금 어디 있습니까? 지금 당장 가 봐야겠습니다."

"걱정 마세요. 당신에게 꼭 필요할 것 같아서 이렇게 가지고 왔습니다. 그런데 특이한 것은 이번 사건의 공범이 바로 보즈네센스키 거리에 살고 있는 이발사라는 겁니다. 이발사는 지금 유치장에 있죠. 나는 술주정뱅이인 그놈이 도둑질도 능히 할 수 있을 것 같아 평소에도 주시하고 있었습니다. 그랬는데, 아니나 다를까 그저께 어느 가게에 들어가서 단추를 한 움큼 슬쩍했단 말입니다. 아무튼 당신의 코는 조금도 변한 것이 없습니다.

이렇게 말하면서 경찰은 호주머니에 손을 넣어 종이에 싼 코를 꺼냈다.

"맞아요. 바로 이거요!"

코발로프는 소리쳤다.

"틀림없어! 우선 같이 차라도 한잔하시죠!"

"감사합니다만, 그럴 수는 없군요. 저는 지금 교도소에 가 봐야 하거든요. 그런데 요즘 식료품 값이 무섭게 오르고 있더군요. 우리 집에는 장모님이 와서 얹혀살고 있고 아이들도 많아서 언제나 시끌벅적하답니다. 뭐, 큰놈은 무척 영리해서 장래가 촉망됩니다만, 교육비를 댈 재간이 없어서 말입니다."

코발로프는 그의 의도를 눈치채고 탁자 위에 있던 10루블 지폐를 집어서 경찰의 손에 쥐어 주었다. 경찰은 오른발을 뒤로 빼면서 인사를 하고는 문밖으로 나갔는데, 그와 거의 동시에 거리에서 마차를 가로수에 들이박은 어느 농부를 훈계하는 경찰의 목소리가 코발로프의 귀에 들려왔다.

코발로프 소령은 경찰이 돌아간 뒤에도 얼마 동안 형용할 수 없는 감정에 휩싸여 멍하니 앉아 있었다. 몇 분이 지나서야 비로소 그는 사물을 볼 수도 느낄 수도 있게 되었다. 그가 이처럼 무의식 상태에 빠져든 이유는 그의 기쁨이 전혀 뜻밖에 찾아왔기 때문이었다. 그는 코를 움켜쥐었던 손을 펴고 두 손을 한데 모아 그 위에 다시 찾은 코를 올려놓고 다시 한 번 주의 깊게 들여다보았다.

"맞아! 내 코야! 내 코가 틀림없어!"

코발로프는 다시 소리쳤다.

"여기 왼쪽에 어제 생긴 여드름도 그대로 있군!"

코발로프 소령은 너무도 반갑고 기쁜 나머지 금방이라도 웃음이 터져 나올 지경이었다. 그렇지만 세상일이란 무엇이든지 오래 계속되지는 않는 법이다. 기쁜 일도 다음 순간에는 그전처럼 그렇게 생생하지 못하고, 또 다음 순간에는 더욱 시들해져서 마침내는 사사로운 감정이 되어 버리는 것이다. 그것은 마치 조그마한 돌을 물에 던졌을 때 생긴 파문이 결국은 다시 유리처럼 매끈한 수면에 묻혀 버리는 것과 같다. 코발로프 소령은 깊은 생각에 잠기기 시작했다. 그리고 사건이 아직도 완전히 마무리되지 않았음을 깨달았다. 확실히 코는 찾았지만 이번에는 그것을 다시 제자리에 붙여야 하는 문제가 남아 있었다.

"만약 코가 붙지 않으면 어떡하지?"

이렇게 스스로에게 물은 그는 그만 얼굴이 창백해졌다. 알 수 없는 두려움에 휩싸인 그는 책상으로 달려가 거울을 꺼내 들고 어떻게든 비뚤어지지 않게 코를 붙여야겠다고 생각했다. 손이 파르르 떨렸다. 그는 조심스럽고 신중하게 코를 제자리에 올려놓았다.

"이럴 수가! 코가 붙질 않아!"

그는 코에 더운 입김을 불어 따뜻하게 한 다음 양 볼 사이의 그 매끄러운 자리에 다시 한 번 코를 갖다 댔다. 그러나 아무리 해도 코는 붙지 않았다.

"이런, 바보 같은 코 같으니라구! 가만히 좀 있어!"

그는 코에게 소리쳤다. 그러나 코는 마치 병뚜껑과 같은 이상한 소리를 내며 책상 위로 떨어지고 말았다. 소령의 얼굴은 경련을 일으키며 일그러졌다.

"정말 붙지 않을 것인가?"

그는 낙심해서 중얼거리며 몇 번이나 되풀이해서 코를 제자리에 얹어 보았으나 역시 헛수고였다.

그는 이반에게 의사를 부르도록 했다. 그 의사는 같은 건물 2층의 제일 좋은 방에서 살고 있었는데, 풍채가 좋고 윤기 나는 멋진 수염을 기르고 있었으며, 젊고 건강한 아내와 살고 있었다. 그는 매일 아침마다 신선한 사과를 먹고 거의 45분이나 양치질을 하는데, 다섯 가지나 되는 칫솔로 이를 닦는 등 입 안을 유난히 청결히 하는 사나이였다.

의사는 곧 나타났다. 그는 이런 불행이 일어난 지 얼마나 되었는지 묻고 나서 코발로프의 턱에 손을 대고 얼굴을 받쳐 올리더니 코가 붙어 있었던 자리를 손가락으로 탁 튕겨 보았다. 소령이 흠칫하며 고개를 뒤로 홱 젖히는 바람에 그는 뒤통수를 벽에 부딪쳤다. 의사는 그 정도는 괜찮다고 말하고 나서 벽에서 조금 떨어져 앉게 한 다음 오른쪽으로 얼굴을 기울이게 하고 코가 있던 자리를 만져 보았다.

"흠!"

의사는 다시 왼쪽으로 얼굴을 기울이게 하고 코가 있던 자리를 만져보았다.

"흠!"

그러고 나서 그가 다시 한 번 손가락으로 그곳을 탁 튕기자 코발로프는 마치 치아 검사를 받는 말처럼 목을 움츠렸다. 의사는 이렇게 진찰을 한 다음 고개를 저으며 말했다.

"안 되겠습니다. 이대로 그냥 두는 편이 더 좋을 것 같군요. 섣불리 건드렸다가는 오히려 더 나빠질지도 모르거든요. 물론 지금 당장이라도 붙일 수는 있습니다. 하지만 당신을 위해서 하는 말인데, 그렇게 하는 것이 오히려 더 해롭습니다."

"상관없습니다! 코 없이 제가 어떻게 살 수 있겠어요?"

코발로프가 말했다.

"어떤 경우라도 지금보다 더 나빠지지는 않을 거예요. 정말이지 이런 몰골로 어디를 다닌단 말입니까? 나는 훌륭한 사람들과 친분 관계가 있답니다. 당장 오늘 저녁만 해도 두 군데나 방문해야 합니다. 5급 관리 부인 체흐타례바라든가 대령 부인 포드토쉬나라든지⋯⋯. 하긴 포드토쉬나 부인에게 이런 일을 당했기 때문에 경찰서에서나 만나면 모를까 그렇지 않고서는 만날 일이 없기는 하지만 말입니다⋯⋯. 그러니 제발 부탁입니다!"

코발로프는 애원하다시피 했다.

"무슨 다른 방법이 없을까요? 어떻게든 붙여만 주십시오. 보기 좋든 흉하든 상관없어요. 그저 떨어지지만 않으면 됩니다. 조금 위험할 것 같으면 미리 손으로 가만히 누르고 있을 수도 있으니까요. 그리고 앞으로 춤추는 것도 그만두겠습니다. 조심성 없이 행동하다가 또 잘못되면 큰일이니까요. 그리고 진찰료는 힘닿는 한 최대한 생각해 드릴 테니 그 점은 조금도 염려 마시고⋯⋯."

"이렇게 말하면 믿으실지 모르겠지만⋯⋯."

의사는 크지는 않지만 힘차고 매력적인 목소리로 입을 열었다.

"나는 돈 때문에 의사 노릇을 하고 있는 것이 아닙니다. 그것은 나의 믿음과 인술에 어긋나거든요. 물론 왕진료를 받기는 합니다만, 그건 그것을 거절함으로써 오히려 환자의 기분을 상하게 하지 않을까 염려되기 때문입니다. 물론 나는 당장이라도 당신 코를 붙여 드릴 수 있습니다. 하지만 결과는 오히려 안 붙인 것만도 못할 것입니다. 이렇게 진심으로 말해도 당신은 내 말을 못 믿는 것처럼 보이는군요. 자연스럽게 나을 수 있도록 그냥 놔두세요. 그 자리를 찬물로 자주 씻으십시오. 사실 코가 없어도 있을 때나 마찬가지로 건강엔 전혀 지장이 없습니다. 그리고 코는 병에 넣어서 알코올에 담가 두시지요. 아니 그것보다 병속에 독한 보드카를 넣고 따뜻한 식초를 타 두는 편이 낫겠군요. 그렇게 상하지 않게 보관해서 팔면 상당한 액수를 받을 수 있을 겁니다. 너무 값을 비싸게 부르지만 않는다면 저라도 살 수 있고요."

"안 돼! 안 돼! 무슨 말씀을!"

코발로프 소령은 펄쩍 뛰며 소리쳤다.

"당신은 그냥 돌아가는 게 나을 것 같군요."

"실례했습니다."

의사는 허리를 굽히며 말했다.

"나는 당신을 위해 성의껏 봐 드리려 했는데 할 수 없군요! 하지만 적어도 내가 노력했다는 것만은 알아 주시기 바랍니다."

이렇게 말하고 나서 의사는 점잔을 빼면서 방에서 나가 버렸다. 코발로프는 의사의 얼굴조차 제대로 볼 수 없었다. 무감각 상태에서 겨우 눈에 들어온 것은 의사가 입고 있던 까만 프록코트의 소매에서 비어져 나온 눈처럼 흰 셔츠뿐이었다.

다음 날 코발로프 소령은 법원에 진정서를 제출하기에 앞서 대령 부인에게 편지를 보내 그녀가 자기에게 돌려줘야 할 것을 군말 없이 돌려줄 것인지 여부를 알아보기로 했다. 편지의 내용은 다음과 같았다.

친애하는 알렉산드라 포드토쉬나!

저는 당신이 취한 기괴한 행동을 도저히 이해할 수가 없습니다. 그렇게 한다 해도 당신에게 조금도 이익이 되지 않을뿐더러, 저를 따님과 억지로 결혼시킬 수도 없다는 것을 알아 주시기 바랍니다. 제 코를 둘러싼 사건의 경위는 극히 자명한 것이며, 그 주동자가 다름 아닌 바로 당신이라는 것도 명백합니다. 별안간 제 코가 자기 자리를 떠나 달아나거나 관리로 변장하는가 하면, 원래의 제 모습으로 되돌아오기도 하는 것이 당신이나 당신과 비슷한 짓을 하는 사람들의 마술이 아니고 무엇이겠습니까? 만약 제 코가 오늘 안으로 본래의 위치로 돌아오지 않을 경우에는 부득이 법에 호소하는 수밖에 없다는 사실을 미리 알려 드리는 바입니다.

그렇지만 아직도 당신을 가장 존경하는

플라톤 코발로프 드림

친애하는 플라톤 코발로프!

당신의 편지를 받고 얼마나 놀랐는지 모릅니다. 솔직히 말씀드리면 천만

110

의 말씀입니다. 마치 내가 무슨 잘못이라도 한 것처럼 이런 질책을 받다니요. 먼저 말씀드리지만, 당신이 말씀하신 그런 관리는 변장을 했건 안 했건 간에 한 번도 우리 집에 방문한 적이 없습니다. 사실 필립 이바노비치 포탄치코프라는 분은 오신 적이 있지요. 하여튼 그분은 점잖고 학식도 높은 신사분인데, 딸에게 청혼을 하려는 것처럼 보였지만 저는 그분의 희망 사항에 대해서는 아무런 대답도 하지 않았습니다. 그리고 편지에 코에 대한 말씀이 있더군요. 제가 당신의 코를 떼려 한다는, 다시 말해서 정식으로 당신의 청혼을 거절한다는 뜻인가요? 천만의 말씀입니다. 그렇게 말씀하신 것은 오히려 당신이었고, 저는 아시다시피 정반대의 의견이었으니까요. 만약 지금이라도 당신이 정식으로 제 딸에게 청혼만 하신다면 저는 언제든지 쾌히 응할 용의가 있습니다. 그것은 저도 항상 마음속으로 바라고 있던 바니까요. 저는 언제나 당신과 좋은 관계를 지속할 수 있기를 바랍니다.

알렉산드라 포드토쉬나

"아니야."

편지를 읽고 나서 코발로프는 중얼거렸다.

"그녀는 죄가 없는 게 확실해. 물론 그렇고말고! 죄가 있는 사람이 이런 편지를 쓸 리가 없지."

8급 관리는 이런 방면에는 능통했는데, 이유인즉 그가 카프카스 지방에 있을 때 여러 번 사건을 맡은 경험이 있었기 때문이었다.

"그렇다면 도대체 왜, 무슨 운명의 장난으로 이런 일이 일어났을까? 귀신이 곡할 노릇이군!"

그는 실의에 젖어 맥없이 두 팔을 축 늘어뜨렸다.

어느새 이 기괴한 사건의 소문은 온 거리에 퍼지고 말았다. 그리고 소문이 항상 그렇듯이, 이 사람에게서 저 사람에게로 옮겨질 때마다 허무맹랑한 말이 덧붙여졌다. 이때의 사람들은 누구든지 신기한 일을 찾아다니고 있었다. 더군다나 그때는 바로 얼마 전부터 자석 실험이 크게 관심을 끌었고, 코뉴셴나야 거리에 춤추는 의자가 있다는 소문이 퍼지기 시작한 지 얼마 지나지 않은 때였다. 때문에 8급 관리 코발로프의 코가 오후 세 시만 되면 네프스키 거리를 산책한다는 말이 사람들의 입에 오르내리게 된 것은 별로 놀라운 일이 아니었다.

호기심이 강한 사람들이 날마다 수없이 모여들었다. 누군가 지금 코가 윤케르 상점에 들어갔다고 말하면 그 상점 앞에 사람들이 몰려들어 혼란이 야기되고, 경찰이 출동해야 하는 지경에 이르렀다. 극장 입구에서 여러 종류의 과자를 팔고 있던 구레나룻을 기른 제법 건장한 사기꾼 하나는 그 일을 때려치우고는 훌륭하고 튼튼한 벤치를 몇 개 만들어 호기심이 강한 친구들을 끌어들여 그 벤치에 앉힌 뒤 일인당 80코페이카씩 받고 있었다. 또한 나이 지긋한 어떤 대령은 그것을 구경하기 위해 일찌감치 집을 나서서 군중을 헤치고 그곳으로 올 정도였다. 그러나 괘씸하게도 상점 창문 안으로 들여다보이는 것은, 흔해 빠진 털실로 짠 스웨터 한 벌과 석판으로 인쇄한 그림 한 장뿐이었다. 그 그림이라는 것도 긴 양말을 고쳐 신고 있는 아가씨와 그녀를 나무 그늘에 숨어서 훔쳐보고 있는, 짧은 수염에 양겹의 조끼를 입은 건달 모습이 그려진 것으로 벌써 10년 이상 똑같은 자리에 걸려 있던 것이었다.

대령은 되돌아 나오면서 씁쓸하다는 듯 중얼거렸다.

"어째서 세상 사람들은 이런 어리석고 터무니없는 소문에 법석을 떠는 걸까?"

그런데 이번에는 네프스키 거리가 아니라 타브리체스키 공원에 코발로프 소령의 코가 나타났다는 소문이 쫙 퍼졌다. 더구나 그 코는 훨씬 오래전부터 그곳에 나타났다느니, 그곳에 페르시아 왕자 호즈렙미르자가 자연을 벗삼아 살고 있을 때부터 나타났다느니 하는 소문이 떠돌았다. 언젠가는 외과 전공 학생 몇 명이 일부러 견학을 위해 그 공원을 찾아갔다. 또 유명한 어떤 귀부인은 공원 관리인에게 특별히 편지를 보내, 자기 아이들에게 그 이상한 현상을 보여 주고 싶으니 아이들에게 교훈이 될 수 있도록 설명해 주면 고맙겠다는 의뢰까지 했을 정도였다.

이 이상한 사건을 두고 손뼉이라도 칠 듯이 반기는 사람들은 큰 파티가 열리는 곳이면 어디든지 찾아다니는 사교계의 신사들이었다. 그들은 부인들 웃기기를 무엇보다도 좋아하는 패거리로, 마침 재미있는 이야기가 없어서 난처한 지경에 처해 있었기 때문이었다. 그러나 비록 소수에 지나지 않았지만, 점잖고 생각이 깊은 인사들은 그것을 매우 못 마땅히 여겼다. 어느 신사는 분노에 찬 말투로 오늘날과 같은 문명과 개화의 시대에 어떻게 그런 터무니없는 헛소문이 퍼질 수 있는지 모르겠다, 그리고 어째서 당국이 그런 것에 대해 주의를 기울이지 않는지 놀라운 일이라고 말했다. 이 신사는 분명 정부가 모든 일에, 심지어는 자기 집 부부 싸움까지도 간섭해 주기를 바라는 사람들 가운데 하나인 모양이었다. 이런 일들이 일어난 이후에……, 그렇지만 여기에서 사건은 또 다시 미궁에 빠져 그 후 어떻게 되었는지는 전혀 알 수가 없었다.

3

세상에는 참으로 터무니없는 일도 있다. 가끔씩은 곧이듣기 어려운 일도 있는 것이다. 한때 마차를 타고 5급 관리 행세를 하고 다니며 온 도시를 떠들썩하게 했던 그 코가 갑자기 아무 일도 없었다는 듯이 시치미를 뚝 떼고 다시 제자리에, 그러니까 코발로프 소령의 양 볼 사이에 들어가 앉은 것이다. 그날은 4월 7일이었다. 그가 잠에서 깨어 무심코 거울을 들여다보니 코가 제자리에 붙어 있었던 것이다!

"코다!"

코발로프 소령은 손으로 코를 잡아 보았다.

"틀림없이 코다!"

그는 너무도 기쁜 나머지 온 방 안을 맨발로 뛰어다니려 했지만 이반이 들어오는 바람에 그만두었다. 그는 얼른 세면도구를 가져오라고 이른 뒤 세수를 하면서 다시 한 번 거울을 들여다보았다.

"코다!"

"여보게 이반, 코에 여드름이 난 것 같은데 좀 봐 주게."

이렇게 말하면서 그는 생각했다.

'괜한 걸 물었군. 혹시 이반이 여드름은 고사하고 코도 보이지 않는다고 이야기하면 어떡하지?'

그러나 이반은 이렇게 말했다.

"여드름 말입니까? 코는 깨끗합니다!"

"좋아, 이젠 됐어!"

소령은 중얼거리며 손가락을 탁하고 튕겼다. 바로 그때 이발사 이반 야코블레비치가 문틈으로 얼굴을 내밀었다. 그는 마치 치즈를 훔치다가 호되게 얻어맞은 고양이처럼 겁에 질린 듯한 얼굴이었다.

"먼저 묻겠는데, 손은 깨끗한가?"

코발로프는 그가 다가오기도 전에 물었다.

"깨끗합니다."

"거짓말은 아니겠지?"

"하느님께 맹세코 깨끗합니다, 나리."

"그럼 조심해서 해 주게."

코발로프는 의자에 앉았다. 이반 야코블레비치는 그의 얼굴을 냅킨으로 덮고 눈 깜작할 사이에 그의 수염과 볼에 장사하는 집의 개업 잔치에 나오는 크림처럼 가득 비누칠을 했다.

"정말 틀림없어!"

이반 야코블레비치는 소령의 코를 내려다보면서 혼잣말을 하다 고개를 젖히고 옆에서 코를 바라보았다.

"저것 봐! 역시 내가 생각했던 대로야."

그는 한참 동안 코를 물끄러미 바라보다 이윽고 코끝을 쥐려고 아주 조심스럽게 두 손가락을 뻗었다. 이것이 이반 야코블레비치가 면도하는 방식이었다.

"이것 봐! 이봐! 이봐! 조심해야 하네!"

코발로프 소령이 외쳤다.

이반 야코블레비치는 흠칫하며 손을 끌어당겼다. 그는 지금껏 한 번도 경험해 본 적 없는 불안을 느꼈다. 한참 후에야 그는 턱밑에 살며시 면도칼을 갖다 댔다. 코에 손을 대지 않고 면도를 하자니 불편하

116

기 짝이 없었지만, 그 거칠거칠한 엄지손가락으로 볼과 아랫입술을 눌러 가면서 그럭저럭 모든 난관을 헤쳐 나가며 깨끗하게 면도를 끝마칠 수 있었다.

모든 준비가 다 끝나자 코발로프는 옷을 갈아입고 마차를 잡아 탄 뒤 즉시 제과점으로 달려갔다. 그는 들어가자마자 주문부터 했다.

"이봐! 여기 코코아 한 잔!"

그러고 나서 그는 거울 앞으로 달려갔다. 역시 코는 제자리에 붙어 있었다. 그는 만면에 웃음을 띠고 뒤로 돌아가서 눈을 약간 가늘게 뜬 다음 비웃는 듯한 표정으로 두 명의 군인을 바라보았다. 그 가운데 한 사람의 코는 아무리 살펴보아도 단추보다 작아 보였다. 제과점을 나온 그는 평소 부지사의 자리를, 그것이 된다면 검사관의 자리라도 얻으려고 드나들던 관청으로 걸음을 옮겼다.

관청의 대기실 옆을 지나가면서 그는 또다시 슬쩍 거울을 들여다보았는데 코는 여전히 제자리에 붙어 있었다. 다음에 그는 저만큼 서 있는 동료 소령인 8급 관리에게로 갔다. 그는 다른 사람의 말에 대답할 때마다 남의 아픈 곳을 찌르는 독설가였다. 그래서 코발로프는 언제나 이렇게 대응하곤 했다.

"그래! 이젠 됐네! 나는 자네가 바늘 끝으로 찌르는 듯한 독설을 내뱉는다는 것을 알고 있어!"

그에게 다가가는 도중에 코발로프는 생각했다.

'만일 저 소령이 나를 보고 웃어대지 않는다면, 그것이야말로 내 얼굴에 있어야 할 물건이 모두 제자리에 붙어 있다는 확실한 증거가 되는 거야.'

그러나 8급 관리는 아무런 반응도 보이지 않았다.

'좋아! 됐어!'

길에서 그는 딸과 함께 있는 대령 부인 포드토쉬나를 만났다. 그가 아는 체를 하자 그들은 환호성을 올리며 반가워했다. 그에게 어떠한 신체적인 결함도 없다는 것이 확실해진 것이다. 그는 그녀들과 오랫동안 이야기를 주고받으며, 일부러 코담배를 꺼내 물고서 보란 듯이 두 개의 큼직한 구멍이 나 있는 코로 아주 오랫동안 연기를 뿜어내며 코담배를 즐겼다. 그러면서도 그는 속으로 이렇게 마음먹었다.

'흥, 어리석은 사람들이군! 여하튼 난 당신 딸과는 결혼하지 않을 거야! 알았나?'

그 이후로 코발로프 소령은 아무런 일도 없었던 것처럼 네프스키 거리를 지나다니게 되었고, 극장이나 그 외의 어떤 장소에도 모습을 보일 수 있게 되었다. 코 역시 아무런 일도 없었던 것처럼 얼굴 한가운데 붙어 있어 어디로 달아날 것 같은 낌새는 보이지 않았다. 그 일이 있은 후 코발로프 소령은 언제 보아도 기분이 좋은 듯 싱글벙글하며 다녔고, 아름다운 귀부인들이 있으면 누구에게나 추파를 던지기도 했다. 한번은 조그마한 상점 앞에서 훈장을 매다는 끈을 사기도 했는데, 도대체 그것을 어디에 쓰려는지 알 수 없었다. 왜냐하면 그는 아직까지 한 번도 훈장을 받은 적이 없었기 때문이었다.

　드넓은 북쪽 수도에서 생긴 이 사건의 전모는 이러하다! 지금은 누가 생각해도 믿기 어려운 점이 한두 가지가 아니다. 여러 가지 정황으로 미루어 보건대, 초자연적인 사건으로 보이는 것은 당연한 것 같다. 또한 코발로프 소령과 같은 사람이 자기 코에 대한 광고를 신문에 왜 내지 못했을까? 내가 여기서 하고자 하는 말은 광고료가 비쌀 것이라는 따위가 아니다. 그것은 말도 안 되는 일이니까. 그리고 나는 그런 계산적인 부류가 절대 아니라는 것이다. 하지만 어쨌든 불쾌하고 좋지 못한 일이다. 어떻게 코가 빵 속에 들어갔을 것이며, 또 이반 야코블레비치는 어떻게……? 아니, 그것은 도무지 이해할 수 없는 일이다. 전혀 이해할 수 없는 일이다.

　그러나 무엇보다 이상하고 이해하기 힘든 것은 작가들이 이러한 사건을 주제로 글을 쓸 수가 있나 하는 점이다. 솔직하게 이것은 규명하기도 힘들거니와 이해할 수도 없는 일이다. 이것은 나로서도 도저히 알 수가 없다. 첫째, 이런 사건을 다루는 것은 국가적인 이익이 조금도 없을 것이고, 둘째도 역시 아무런 이익이 없다는 것이다. 나로서도 도무지 알 수가 없다…….

　그렇지만 하나씩 따져 보면 전체적으로 이해할 수 있는 부분도 있을 것이다. 물론 모두가 다 비현실적인 것만은 사실 아닌가? 모든 것이

비현실적인 것이 사실이지만 분명하게 무엇인가 내포되어 있다. 누가 뭐라 해도 이와 유사한 일들은 이 세상에 있을 수 있다. 많지는 않겠지만 있을 수 있는 일이다.

네프스키 거리

페테르부르크에 네프스키 거리보다 더 좋은 곳은 없을 것이다. 이 거리가 있기 때문에 이 도시가 존재하기 때문이다. 러시아 수도의 꽃이라고도 할 수 있는 이 거리에서 훌륭하지 않은 것이 있겠는가?

이 거리에 사는 사람들은 신분의 높고 낮음을 막론하고 모두가 그 어떤 행복의 대가로도 네프스키 거리를 잃고 싶어 하지 않는다는 것을 나는 잘 알고 있다. 멋진 수염을 기르고 근사한 프록코트를 입은 스물다섯 살 청년뿐 아니라, 머리카락이 은쟁반처럼 미끈한 노인들까지도 네프스키 거리를 큰 자랑으로 삼고 있다. 아! 여자들에게는 어떤가! 여자들에게 네프스키 거리는 훨씬 더 유쾌한 존재이다. 과연 이 거리가 유쾌하지 않다는 사람이 있을까?

네프스키 거리에 발을 들여놓기가 무섭게 왠지 산책을 하고 싶은 감상에 젖게 된다. 무언가 할 일이 있어서 이곳에 온 사람도 으레 그 일을 잊게 마련이다. 페테르부르크에는 상업적 이익을 챙길 목적이나 궁핍에 쫓겨서 찾아올 필요가 없는, 보통 사람들이 찾아오는 유일한 장소이다. 네프스키 거리에서 만나는 사람들은 모르스카야 거리나 고로호바야, 리테이나야, 미샨스카야 거리에 살고 있는 사람들보다 덜 이기적이다. 네프스크 거리가 아닌 다른 곳을 걸어다니는 사람들이나 노점상들의 모습에서는 탐욕이나 가난에 찌든 몰골을 쉽게 엿볼 수 있다. 또한 네프스키 거리는 페테르부르크의 모든 곳으로 통하는 통로이다. 페테르부르크스카야나 브이보르스카야 부근에서 살고 있는 사람들도 이곳에서는 몇 년 동안 만나지 못했던 친구들을 틀림없이 만나게 될 것임을 확신해도 좋다. 어떤 주소록이나 안내소에서도 네프스키 거리에서 얻는 것만큼 확실한 소식을 전해 주지는 못할 것이다.

전지전능한 네프스키 거리! 산책할 장소가 그리 많지 않은 페테르부르크의 유일한 쉼터! 보도는 얼마나 말끔하게 청소되어 있으며, 얼마나 많은 발길이 그 위에 흔적을 남기고 가는지! 그 무게 때문에 화강암 도로마저도 부서질 것 같다. 제대한 병사의 볼품없고 더러운 군화, 화려한 가게의 진열장을 향해 마치 해바라기처럼 얼굴을 돌리고 걷는 젊은 여인의 가녀린 구두, 그리고 희망에 넘치는 장교의 대검, 이 모든 것이 크건 작건 보도 위에 힘을 과시하거나 분풀이를 한다. 불과 하루 사이에 이다지도 요란한 환상들이 만들어지고 있는 것이다! 한 걸음 한 걸음마다 얼마나 많은 변화를 겪는지!

먼저 이른 아침이면 페테르부르크 시내에 갓 구운 빵의 구수한 냄새가 풍기면서 낡은 옷과 외투를 걸친 노파들이 교회나 자비심 많은 행인들에게로 몰려드는 때부터 살펴보기로 하자. 그 무렵의 네프스키 거리는 텅 비어 있다. 상점의 뚱뚱한 주인이나 점원들은 폴란드제 내의를 입은 채 잠들어 있거나, 아니면 세수를 하고 나서 커피를 마시고 있다. 거지들은 때를 지어 제과점 문턱에 몰려 있다. 그곳에서는 어제 초콜릿을 들고 파리처럼 바쁘게 뛰어다니던 점원이 잠이 덜 깬 얼굴로 손에 빗자루를 들고 넥타이도 매지 않은 채 속이 터진 만두나 먹다 남은 음식들을 거지들에게 집어 주고 있다. 거리에는 굶주린 사람들이 천천히 걷고 있고, 때로는 바쁘게 일터로 나가는 러시아의 농부들이 석탄가루로 더러워진 긴 장화를 신고 지나간다. 이렇게 더러워진 장화는 맑은 물로 유명한 예카테리닌스키 운하로도 씻을 수 없을 것이다. 숙녀들은 이 무렵에 돌아다니는 것을 부끄러운 일로 생각한다. 왜냐하면 극장에서도 듣기 어려운 거친 말들을 러시아 서민들이 즐겨 사용하기 때문이다. 네프스키 거리의 관공서로 통하는 길목에서는 종종 졸린 듯한 모습의 관리가 옆구리에 서류 뭉치를 끼고 느릿느릿 걸어가는 것도 볼 수 있다.

이 시간의 네프스키 거리는 사람들의 목적지가 아니라 그저 오가는 통로일 뿐이다. 이때는 일자리 때문에 고민하면서 화를 내거나, 이 거리에 대해서 조금도 신경을 쓰지 않는 사람들로 점점 채워진다. 러시아 농부들은 10코페이카짜리 은화나 2코페이카짜리 동전 일곱 개에 대한 이야기를 주고받고 있다. 또 늙은 할아버지나 할머니는 손을 크게 휘젓다가 때로는 거창한 몸짓을 하면서 혼잣말을 중얼거린다. 그러나 빈 병이나 갓 만들어 낸 장화를 손에 들고 네프스키 거리를 번개처럼 달려가는 다양한 색깔의 작업복을 입은 사람들을 제외하면 그들의 말에 귀를 기울이거나 비웃는 사람은 아무도 없다. 이때는 사람들이 어떤 옷을 입든지, 예를 들면 일반 모자 대신 챙이 없는 모자를 쓰고 있든, 옷깃이 넥타이 위로 많이 나와 있든, 아무도 그런 것에는 신경을 쓰지 않는다.

그러나 열두 시가 되면 어린 학생들을 이끌고 여러 명의 외국인 가정교사들이 네프스키 거리로 침입해 온다. 영국인 존스나 프랑스인 코키 등의 무리가 그들의 지도에 믿음을 갖고 있는 아이의 손을 잡고 걸으며, 상점의 간판은 상점 안에 있는 물건들을 사람들에게 알리는 구실을 한다고 정성스럽게 설명한다. 여자 가정교사들, 얼굴이 다소 창백한 처녀들이나 얼굴빛이 번지르르한 부녀자들은 귀엽고 재롱을 잘 부리는 여자아이들 뒤에서 왼쪽 어깨를 좀 더 추켜세우고, 몸을 바로 세우고 걸어야 한다고 이르면서 점잖게 걸어간다. 말하자면 이 무렵의 네프스키 거리는 교육의 네프스키 거리가 되는 것이다. 그러나 두 시가 가까워지면 가정교사나 선생님, 어린이들의 수가 줄어들기 시작하고, 마침내 그들은 다양한 부류의 부모들 손에 이끌려 집으로 향한다.

이윽고 중요한 집안일을 마친 사람들이 네프스키 거리로 몰려든다. 의사와 날씨나 코끝에 돋아난 작은 부스럼에 관한 이야기를 하는 사람도 있고, 말들의 건강 상태나 자기 자식이 뛰어난 재능을 지녔다는 말을 하는 사람도 있고, 어떤 행사에 관한 광고나 도시를 떠나거나 들어오는 사람들에 관한 신문의 큰 제목을 읽는 사람도 있으며, 커피나 차를 마시는 사람들도 있다. 게다가 부러워할 만한 운명을 타고나 특별한 임무를 맡으며 관리라는 명예로운 호칭을 받은 무리들도 끼어든다. 그리고 보통 사람과는 다르게 일이나 습관이 고상한 외무부에 근무하는 부류들도 합세한다. 얼마나 고귀하고 명예로운 임무인가! 그런 직업들은 얼마나 사람들의 마음을 고매하고 즐겁게 만드는가!

그렇지만 슬프게도 나는 직업도 없고, 상관들의 은근한 관심을 접할 즐거움도 없다. 네프스키 거리에서 만나는 사람들은 누구나 예절을 잘 지킨다. 긴 프록코트를 입고 두 손을 호주머니에 찌르고 있는 신사, 장밋빛이나 흰색의 투명한 술이 달린 윗저고리를 입고 세련된 모자를 쓰고 있는 숙녀, 또한 이곳에서는 제법 기교를 부려 넥타이 밑을 가리고 있으며 더할 나위 없이 훌륭한, 벨벳 같기도 하고 술 같기도 하며 먹처럼 새까만, 그러나 그저 외무부 관리에게서나 찾아볼 수 있는 구레나룻의 사나이들을 만나게 될 것이다.

하느님은 다른 분야에 근무하고 있는 사람들에게는 결코 검은 구레나룻을 주시지 않는다. 대신에 그들은 더없이 불쾌한 일이긴 하지만, 인삼빛 수염을 달고 다녀야 한다.

여러분은 이곳에서 펜이나 붓으로도 그려 낼 수 없을 만큼 아주 멋진 수염을 만나게 될 것이다. 그것이 있음으로써 아름다운 여성이 더욱 빛난다는 듯한, 밤낮없이 쉬는 시간조차 없을 정도로 신경을 쏟는 수염! 지극히 고귀한 마음조차도 녹여 버릴 듯한 향수를 바르고 일반인 손에 넣기조차 힘든 갖가지 값진 향유를 바른 수염! 밤새껏 얇은 천으로 모양을 잡은 수염! 그 주인의 지극한 애착심이 곁들여져 지나가는 사람의 부러움을 살 만한 수염도 만나게 될 것이다. 때로는 이틀을 꼬박 스스로의 몸에 지니고 있으면서도 애착심이 사라지지 않을 만한 갖가지 빛깔의 날렵한 모자며 의복이며 손수건 등이 네프스키 거리에 있는 사람들의 눈길을 황홀하게 만든다. 그것은 마치 나비 떼가 풀숲에서 갑자기 날아올라 암컷들의 머리 위를 구름처럼 반짝이며 날고 있는 듯이 보인다.

여러분은 또한 이곳에서 꿈에서도 본 적이 없을 정도로, 심지어 병의 목보다도 가는 허리를 보게 될 것이다. 그런 사람과 마주치게 된다면 무례하게 팔꿈치로 떠밀지 않도록 정중하게 옆으로 물러나지 않으면 안 된다. 그리고 여러분의 마음속에는 자신도 모르는 사이에, 콧바람만 불어도 자연과 예술의 아름다운 창작물들이 깨져 버리지 않을까 하는 근심으로 가득 차게 될 것이다. 여러분은 네프스키 거리에서 더

할 나위 없이 좋은 여자들의 옷소매를 보게 될 것이다! 아, 얼마나 매력적인가! 그것들은 마치 공중에 떠 있는 두 개의 풍선처럼 보인다. 만약 그녀의 남자가 잡고 있지 않으면 여자가 하늘 위로 날아오르지 않을까 걱정되기까지 한다. 왜냐하면 숙녀가 공중으로 떠오르는 것은 샴페인을 가득 채운 술잔을 입 안으로 가져가는 것만큼 쉽고도 즐거운 일이기 때문이다.

어디에서도 네프스키 거리에서 서로 만났을 때만큼 점잖을 빼며 친밀하게 인사하지 않는다. 여기서 당신은 일일이 보여 줄 수 없는 미소, 예술을 초월해 가끔은 즐거워 미칠 것만 같은, 또는 자신이라는 존재를 풀보다 하찮은 존재로 생각해 머리를 숙이게 만드는, 때로는 해군성의 첨탑보다 더 높은 존재로 느껴져 머리를 높이 쳐들게 만드는 그런 미소들을 만날 것이다. 이곳에서 여러분은 일반 사람들은 꿈도 꿀 수 없는 우아한 모습과 무척 위엄을 부리며 음악회나 날씨에 관한 이야기를 주고받는 사람들을 발견할 것이다. 이곳에서는 또한 수많은 사람들의 이상한 성격이나 모습을 접할 수 있을 것이다.

오오, 신이여! 네프스키 거리에서는 어쩌면 그렇게 이상한 성격의 사람들을 만나게 되는 것일까요! 네프스키 거리에서 여러분을 만나면 틀림없이 그들은 여러분의 구두를 바라보고, 만일 여러분이 그들을 지나쳐 간다면 뒤돌아서 바지저고리를 눈여겨볼 만한 사람이 정말 많다. 나는 지금까지 왜 그들이 그런 행동을 하는지 알 수 없었다. 나는 처음에 그들이 구두 수선공인 줄만 알았다. 그러나 당치도 않은 생각이었다. 그런 사람들의 대부분은 관청의 여기저기에서 근무하고 있었으며, 대개는 이 관청에서 저 관청으로 보내는 공문서를 훌륭히 쓸 수 있는 사람이거나 또는 산책을 즐기거나 제과점에서 신문을 읽는 사람들이었다. 즉, 대부분의 사람들이 나름대로 훌륭한 삶을 살고 있었다.

이후 두 시부터 세 시까지, 네프스키 거리에 가장 활기가 넘치는 이 시간에는 인간의 모든 아름다움을 보여 주는 작품 전시회가 열린다. 첫 번째 사람은 고급 물개 깃이 달린 멋진 외투를 보여 주고, 두 번째 사람은 그리스풍의 코를 보여 주며, 세 번째 사람은 훌륭한 구레나룻을, 네 번째 사람은 매력적인 두 눈과 훌륭한 모자를, 다섯 번째 사람은 귀엽게 생긴 새끼손가락의 반지를, 여섯 번째 사람은 놀라 입이 벌어질 만한 수염을 구경시켜 준다.

그러나 세 시가 되면 전시회가 끝나고 오가는 사람들의 모습이 뜸해지면서 새로운 변화가 시작된다. 갑자기 봄이 찾아든 것처럼 네프스키 거리에 연둣빛 제복을 입은 관리들로 가득 찬다. 허기를 느끼는 9급 관리나 7급 관리, 그 밖의 관리들이 가능한 한 빨리 걸음을 재촉한다. 나이가 어린 젊은 14급 관리나 12급 관리 그리고 10급 관리들은 이 시간대를 좀 더 잘 활용하려는 듯, 자신들이 관청에서 여섯 시간 정도를 앉아서만 지낸 것은 아니라는 것을 보여 주려는 듯이 묵직한 걸음걸이로 네프스키 거리를 황급히 지나친다. 하지만 나이 지긋한 10급 관리나 9급 관리, 7급 관리들은 목을 움츠리고 총총걸음을 걷는다. 그들은 길을 걷는 행인들에게 신경 쓸 처지가 아니다. 또 그들은 자기의 걱정거리를 완전히 떨쳐 버릴 수 없다. 이런저런 어지러운 생각이나, 시작은 했지만 아직 마치지 못한 일들에 관한 생각이 머릿속에 가득 차 있기 때문이다. 이 거리의 간판 대신 서류가 가득 들어 있는 종이상자나 과장의 살찐 얼굴이 언제까지나 눈앞에 어른거린다.

네 시부터 네프스키 거리는 그야말로 한가해지며, 거의 한 사람의 관리도 찾아보기 어렵다. 행여 볼 수 있다면 친절했던 재판소 서기에게 희롱당한 후 싸구려 외투를 얻어 입고 상점 밖으로 쫓겨난 여자 재봉사, 시간 따위는 안중에도 없는 방랑자, 손가방이나 작은 책을 손에 든 키가 큰 영국 여자, 낡은 면직 코트에 허리띠를 두르고 가느다란 수염을 기른 채 일 년 열두 달 불규칙한 생활을 하면서도 길에서 점잖게 손발이나 머리 등을 흔들며 걷는 러시아인, 키가 작은 직공 외에 이 무렵의 네프스키 거리에서는 더 이상 어느 누구도 만나지 못할 것이다.

하지만 집이나 거리에 황혼이 깃들고 등불지기가 거적을 덮어쓰고 가로등에 불을 켜기 위해 사다리를 오르거나, 낮에는 내놓지 않는 판화가 상점의 낮은 창가로 들여다보일 즈음에는 네프스키 거리는 또다시 활기를 띠고 움직이기 시작한다. 이때면 여러분은 수많은 젊은이를 만날 것이다. 대부분 따뜻해 보이는 외투를 입고 있는 독신자들이지만, 이 무렵이면 사람들은 무엇인가 목적을, 아니 좀 더 교묘하게 말하면 목적 비슷한 무엇인가를, 지극히 걷잡을 수 없는 그 무엇을 마음속에 느끼게 된다. 모두들 급한 걸음걸이로, 대부분의 걸음걸이가 질서 없이 혼란스럽다. 긴 그림자가 벽이나 큰길 위에 흔들리며, 거의 폴리체이스키 다리 입구까지 닿을 듯하다. 젊은 14급 관리나 12급 관리, 10급 관리들은 실로 오랜 시간 돌아다니지만, 나이가 많은 14급 관리나 9급 관리, 7급 관리들은 대부분 집으로 돌아가고 보이지 않는다. 그것은 그들 대부분이 결혼을 했거나 집에서 독일인 가정부가 맛있는 요리를 만들어 주기 때문이다.

이쯤에서 여러분은 놀랄 만큼 점잖은 모습으로 두 시간 이상이나 네프스키 거리를 산책하는 존경할 만한 노인들을 만나게 될 것이다. 또한 여러분은 그들이 마치 젊은 14급 관리처럼 멀리 보이는 여인의 얼굴을 몰래 훔쳐보기 위해 달려가는 것을 볼 수 있다. 이런 여성들의 진한 화장, 두툼한 입술이나 볼 등은 산책하고 있는 많은 사람들, 특히 점원이나 조합원, 언제나 독일제 프록코트를 입고 떼 지어 팔짱을 끼고 걸어다니는 상인들에게 인기가 많다.

"잠깐!"

피고로프 중위가 함께 걷고 있던, 연미복에 망토를 걸친 젊은 사내를 잡아당기면서 말했다.

"봤어?"

"그래, 정말 근사하더군. 완전히 페루지노가 그린 비안카 같은데."

"음, 그런데 어떤 여자를 말하는 건가?"

"저 여자 말일세, 저 검은머리……. 정말 아름다운 눈이군! 오, 정말 아름다운 눈이야! 저 외모, 그리고 얼굴……. 정말 대단하군!"

"내가 말하는 건 저기 금발의 여자야. 저 여자 뒤로 해서 저쪽으로 걸어간 여자 말이야. 그런데 자네는 검은 머리카락의 여자가 마음에 든다면서 왜 뒤를 따라가지 않나?"

"아, 어떻게 그런 일을 하겠나!"

연미복을 입은 젊은 사내가 얼굴을 붉히면서 말했다.

"자네는 저녁 무렵에 네프스키 거리를 방황하는 여자라고 생각하나 보군. 저 여자는 분명히 돈 많은 부인임에 틀림없어."

그는 숨을 가다듬고 말을 계속했다.

"저 망토만 해도 적어도 80루블은 할 거야!"

"바보 같기는!"

피고로프는 화려한 망토가 어른거리는 쪽으로 그를 밀면서 외쳤다.

"어서 가게. 놓치겠다! 나는 금발 여자를 뒤쫓아 갈 테니까."

둘은 헤어졌다.

피고로프는 회심의 미소를 지으면서 마음속으로 생각했다.

'우리는 너희에 대한 건 모두 다 알고 있어.'

그는 아무리 아름다운 여자라도 자신을 거절할 수 없다고 스스로 믿고 있었다.

연미복에 망토를 입은 젊은 사내는 천천히 화려한 망토가 사라져 가는 쪽으로 걸어갔다. 망토는 가로등 빛에 가까워지고 멀어짐에 따라 밝게 빛나기도 하고 또 어둠에 묻히기도 했다. 가슴이 몹시 뛰었지만 그는 무의식중에 걸음을 재촉하고 있었다. 그는 빠른 걸음으로 걷고 있는 아름다운 여자가 뒤를 돌아볼 만큼 자신에게 매력이 있다고는 생각지 않았다. 하물며 피고로프 중위가 귀띔한 것처럼 올바르지 못한 일은 결코 하려 하지 않았다. 다만, 하늘에서 네프스키 거리로 내려와 어딘가 알 수 없는 곳으로 사라져 버릴 아름다운 여자가 어디에 사는지를 알고 싶었던 것이다. 그는 여자에게만 눈을 고정시키고 달려가느라 흰 수염을 기른 신사들과 자주 부딪쳤다.

이 젊은이는 경이로움을 지켜보기 위해 이 나라에서는 매우 드문 집단으로 잠입했다. 이들은 더 이상 페테르부르크의 시민이 아니었고, 우리가 꿈속에서 그려 왔던 것보다 훨씬 세속에 물들어 있었다. 이 집단은 관리, 상인, 독일 장인들이 속한 도시에서 매우 이질적이 사람이었다.

페테르부르크의 화가! 눈으로 뒤덮인 나라의 화가! 정말 색다른 존재가 아닌가. 모든 것이 축축하고, 단조롭고, 창백하고, 잿빛이고, 안개가 자욱한 곳에서 사는 화가. 이들은 이탈리아의 물과 하늘처럼 자신만만하고 열렬한 이탈리아 화가와는 전혀 다르다. 그와 반대로 러시아 화가들은 대개 사람이 좋고 온순한 부류들로서 부끄러움이 많고, 세상일에 대한 걱정 없이 조용히 자기 예술을 사랑하며, 두 친구와 좁은 방에서 조촐하게 차를 마시면서 자신이 즐기는 화제에 관해 이야기를 나눌 뿐 그 밖의 일에는 도무지 신경을 쓰지 않는다. 언젠가는 거지 노파를 끌어들여서 보기에도 가엾은 노파의 얼빠진 듯한 모습을 캔버스 위에 옮겨 담는답시고 여섯 시간 동안이나 앉혀 둔 적이 있다. 또 그들은 시시한 도구들이 제멋대로 뒹굴고 있는 방 안 풍경을 그리거나, 세월이 흘러 먼지투성이가 되고 커피색으로 변한 석고의 손발이나 부서진 화구, 쓰러져 있는 팔레트, 기타를 치는 친구, 창문으로 보이는 공허한 네바 강, 붉은 외투를 걸친 가난한 어부들, 물감으로 더러워진 벽 따위를 그린다. 이런 사람들의 손에 걸리면 모든 것이 대부분 회색의 어둠침침한 색채(이것은 북쪽 나라의 지울 수 없는 느낌이다.)를 띠게 된다.

하지만 그들은 내심 즐겁게 자신의 일들을 하고 있으며, 더러 진짜 재능을 보이기도 한다. 그렇기 때문에 만약 이탈리아의 맑은 공기가 불어오기만 한다면, 아마도 방 안에서 공기 맑은 바깥으로 옮겨진 식물처럼 자유롭고 크게 성장할 것이 분명하다. 그들은 대부분 소심하기 그지없다. 계급이 높은 관리를 만나면 거의 대부분이 당황해서 자기 작품의 값을 스스로 깎아 내릴 것이다. 때로는 유쾌한 듯이 멋을 내기도 하지만, 그 멋 내는 폼이 너무 지나쳐서 마치 무슨 누더기를 입고 있는 것처럼 보인다. 여러분은 가끔 연미복을 입고 그 위에 더러운 망토를 걸치고 있거나, 값비싼 벨벳 조끼에 물감이 묻은 프록코트를 걸쳐 입은 그들의 모습을 보게 될 것이다. 이처럼 아직 완성되지도 않은 풍경화 위에 거꾸로 그려 넣은 님프를……, 그나마 그릴 곳이 마땅치 않아 언젠가 즐거운 마음으로 그렸던 자기의 낡은 작품의 물감 묻은 자리에 다시 덮어 씌워서 그리는 것을 보게 될 것이다.

화가는 결코 사람을 똑바로 쳐다보지 않는다. 가령 쳐다보더라도 어렴풋이, 별 생각 없이 그냥 쳐다보는 것이다. 결코 독수리 같은 눈초리나 기병장교의 날카로운 눈길을 던지는 일은 없다. 왜냐하면 여러분의 얼굴 생김새를 바라보는 것과 동시에 방 안에 서 있는 헤라클레스 석고상의 얼굴을 보고 있거나, 또는 지금 그리려고 하는 작품이 눈앞에 아른거리고 있기 때문이다. 이 때문에 가끔 엉뚱한 대꾸도 하게 되고, 때로는 얼토당토않은 말도 하게 된다. 그리하여 머릿속에서 여러 문제가 서로 얽히고 꼬여 점점 더 소심해지는 것이다.

여기 나오는 작고 젊은 사내, 부끄러움도 많고 소심하지만 마음속에는 때와 장소에 따라서 불타는 감정의 불꽃을 간직하고 있는 화가 피스카로프도 실은 그런 종류의 사람이었다. 그는 떨리는 몸을 추스르며 자기 마음을 흔들어 놓은 여자의 뒤를 남몰래 따라갔지만, 스스로도 자신의 그 대담함에 놀라고 있는 모양이었다. 그의 눈을, 마음을, 생각과 감정을 이렇게 빼앗은 그 미지의 여성이 갑자기 뒤돌아서 그를 바라보았다. 아아, 얼마나 신비스러운 모습인가! 눈부실 만큼 하얗고 더할 나위 없이 매혹적인 여자의 이마는 아름다운 머리칼에 가려져 있었다. 그리고 그 머리칼과 풍성한 머리채가 서로 엉키면서 그 일부가 모자 밑으로 삐져 나와 저녁 무렵의 차가운 공기 때문에 발갛게 된 볼에 닿아 있었고, 입술은 갖가지의 더없이 즐거운 꿈을 간직한 채 굳게 닫혀 있었다. 어린 시절의 모든 추억들이 밝게 빛나는 촛불 옆에서 공상에 빠지게 했다. 이 모든 것이 융합되거나 하나로 모여 여인의 입술 속에 반영되고 있는 듯했다.

여자는 피스카로프를 흘끔 돌아보았다. 그녀의 시선에 그의 가슴은 세차게 뛰기 시작했다. 여자는 남자를 똑바로 바라보았다. 이처럼 뻔뻔스럽게 남의 뒤를 밟는 걸 알아차린 여자의 심상치 않은 감정이 얼굴에 나타나 있었다. 하지만 그 얼굴에서 보이는 노여움마저도 매혹적이었다. 부끄럽기도 하고 두렵기도 해서 마침내 그는 시선을 떨구면서 그 자리에 멈춰 섰다. 그러나 이 젊은 몽상가의 머릿속에는 이 여신을 놓쳐서야 되겠는가, 하늘에서 세상으로 내려와 잠시 머무르는 집을 확인하지 않고서야 되겠는가 하는 생각이 떠올랐다. 그는 계속 뒤를 밟기로 결심했다. 눈치채지 못하도록 멀찌감치 거리를 두고서, 짐짓 한눈을 팔면서 간판을 바라보기도 했다. 그러면서도 그는 미지의 여성이 밟는 걸음걸이 하나까지 살펴보지 않는 것이 없었다.

인적이 뜸해지기 시작했다. 거리는 아주 조용해졌고 아름다운 여자는 주위를 둘러보았다. 순간 그에게는 여자의 입가에 살며시 미소가 떠오른 것처럼 보였다. 그는 자기 눈을 믿을 수가 없어 온몸을 떨었다.

'아니야, 이건 필시 가로등이 사람의 눈을 현혹시키는 빛을 던져 여자의 얼굴에 미소 비슷한 그림자를 드리웠거나, 아니면 내 공상이 나를 놀리는 걸 거야.'

그러나 호흡이 멎는 듯하고 온몸이 끝없는 싸움 속으로 번져 가는 것은 어쩔 도리가 없었다. 모든 감정이 삽시간에 불타올라 눈앞의 모든 것들이 안갯속에 휘말려 버렸다. 길은 밑으로 내리 뻗고, 힘차게 달리던 마차도 그 자리에 멈춰 선 것처럼 보였다. 다리는 뻗어나가서 교량을 밑으로 떨어뜨리며 무너지고, 집들은 거꾸로 서고, 파출소는 그의 등 뒤로 달려들고, 감시원 건물에 있는 창문은 간판에 그려진 금빛 문자나 가위 그림과 함께 그의 눈 바로 위에서 번쩍이고 있었다.

이 모든 일은 그녀가 힐끗 바라보았기 때문에 일어났다. 그는 아무 것도 듣지도 보지도 않은 채, 뭐가 뭔지도 모른 채 그저 가슴이 뛰는 두근거림에 발맞추어 날아가듯이 잽싼 자신의 걸음걸이를 적당한 속도로 늦추려고 노력하면서 가볍고 아름다운 여자의 발길을 뒤쫓았다. 문득 여자의 얼굴 표정을 이처럼 매력적이라고 생각해도 괜찮은 것인가 하는 의심이 들어 가끔 멈춰서기도 했다. 하지만 어쩔 수 없는 힘이 숨겨져 있는 듯 가슴이 세차게 두근거리고 수많은 감정이 얽혀 있어 앞으로 걸어 나가야만 했다.

그는 4층 건물이 눈앞에 솟아 있다는 것도, 불이 켜진 네 개의 창문이 줄지어서 그를 바라보고 있었다는 것도, 계단의 난간이 그에게 부딪혔다는 것도 전혀 알지 못했다. 미지의 그녀가 계단을 뛰어오르며 뒤돌아보면서 입술을 손가락에 대고 자기를 따라오라고 신호를 보내고 있는 것이 눈에 띄었을 뿐이었다. 그의 무릎은 후들거리고 마음은 이미 달아올라 있었다. 주체할 수 없는 격렬한 기쁨이 번개처럼 가슴속을 스쳐 지나갔다. 아니다! 이것은 꿈이 아니다! 맙소사, 눈 깜짝할 사이에 이런 일이 찾아들다니! 불과 2분 만에 이런 행운이 찾아온 것이다!

하지만 모든 것이 정녕 꿈일 수도 있을까? 이 세상의 존재라고는 생각되지 않는, 이 하찮은 자의 목숨까지 바치려 했고 단지 그 집에 가까이 다가서는 일이 그 무엇과도 바꿀 수 없는 행복이라고 생각했던 바로 그 상대가 지금 이렇게 손짓까지 하면서 마음을 열어 준다는 것이 도대체 있을 수 있는 일이란 말인가? 그는 계단으로 뛰어올랐다. 지금은 아무런 속된 생각도 들지 않았다. 그의 마음속에는 헛된 욕망도 자리 잡고 있지 않았다. 이 순간만큼은 끝없이 정신적인 사랑을 추구하는 순진한 청년처럼 청순하기만 했다. 가녀리고 아름다운 사람이 그에게 보여 준 이 믿음의 손길 때문에, 그는 마치 기사와도 같은 엄숙한 맹세를, 그녀가 원하는 것이라면 무엇이든 해 주리라고 마음속으로 다짐했다. 더구나 그 요구가 되도록 어렵고 쉽게 해결할 수 없는 것이기를 내심 바라고 있었다. 그래야만 열심히 뛰어가서 그 어려운 일을 훌륭하게 해내고 말겠다는 생각이 들 것 같았기 때문이다.

그는 어느새 어떤 비밀스럽고 중요한 일이 있어 그녀가 자신을 신뢰하지 않으면 안 되게 된 것이라고 굳게 믿고 있었다. 틀림없이 자신의 눈부신 활약을 기대하고 있으리라고 생각하면서, 어서 빨리 어떤 일이든 해결하고야 말겠다는 힘과 의지를 느끼고 있었던 것이다. 계단은 구불구불했는데, 그와 더불어 그의 재빠른 상상도 구불구불 굽이쳐 갔다.

"조심해서 오세요!"

하프와 같은 상냥한 목소리에 그는 다시 온몸이 떨려오는 것을 느낄 수 있었다. 4층의 어둠침침한 계단 위에서 미지의 여자는 문을 두드렸다. 문이 열리고 두 사람은 안으로 들어갔다. 훌륭한 옷차림의 여자가 손에 촛불을 들고 두 사람을 맞이했는데, 이상하게도 야릇한 표정으로 피스카로프를 바라보았기 때문에 그는 자신도 모르게 시선을 떨구었다.

그들은 방으로 들어갔다. 제각기 구석에 앉아 있는 세 여자의 모습이 눈에 들어왔다. 한 여자는 카드를 펼쳐 놓고 있었고, 또 한 여자는 피아노 앞에 앉아 두 손가락으로 폴로네즈 같은 애처로운 곡을 연주하고 있었으며, 마지막 여자는 거울 앞에 있어서 긴 머리카락에 빗질을 하고 있었다. 낯선 방문객이 왔는데도 그들은 전혀 하던 일을 멈출 기색이 보이지 않았다. 어느 모로 보나 독신자의 제멋대로인 방이 아니라면 느낄 수 없는, 어쩐지 불쾌한 기운이 넘쳐흐르고 있었다. 제법 훌륭한 가구가 먼지에 덮여 있었고, 천장에는 거미줄이 쳐져 있었다. 건너편 방의 열려 있는 문 저편으로 완장이 달린 장화가 빛나고 있었고, 군복에 달린 붉은 끈이 보였다. 그리고 원기 왕성한 남자의 목소리가 여자의 웃음소리와 함께 거침없이 울려 퍼지고 있었다.

맙소사, 그가 지금 어디에 온 것인가! 처음에는 도무지 믿어지지 않아 한층 주의 깊게 방 안을 둘러보며 커튼을 찾기 시작했다. 그러나 벌거숭이 벽이나 커튼이 없는 창문으로 보아 집안 살림을 하는 가정부가 없는 곳임이 분명했다. 여자들의 볼품없이 피곤해 보이는 얼굴 가운데 한 여자는 마치 남의 옷에 묻어 있는 얼룩이라도 바라보듯이 거의 코앞에 앉아서 태연하게 그를 바라보고 있었다. 그는 가식으로 가득 찬 교육과 도시의 놀랄 만한 인구 과잉으로 생겨난 가련한 음탕함이 뿌리박고 있는 기분 나쁜 소굴에 자신이 찾아왔다는 것을 확신하게 되었다. 이 세상을 아름답게 만드는 모든 밝고 성스러운 것들을 비웃고, 이 세상의 아름다운 존재를 모독하고 짓밟는 이 소굴, 모든 것들 가운데서 가장 아름답다고 할 수 있는 여자가 깨끗한 영혼과 함께 여성의 모든 것을 벗어버리고, 남자들의 혐오스러운 몸짓과 파렴치한 행동으로 그 가냘프고 아름다운 모습을 잃게 되는 소굴로 자신이 뛰어들었다는 것을 알게 되었다.

피스카로프는 정말 그녀가 자기를 유혹해서 네프스키 거리를 끌고 다닌 바로 그 여자인지 아닌지 다시 한번 확인하고 싶어서, 그녀의 머리 꼭대기에서부터 발끝까지 어처구니없다는 눈초리로 살펴보았다.

그러나 역시 눈앞에 서 있는 여자는 아름다웠다. 머리칼은 매끈했고 눈망울 역시 이 세상의 것이 아닌 듯했다. 여자는 매우 젊었다. 이제 겨우 열일곱 살 정도 되어 보였다. 그는 여자의 볼을 만져 볼 만한 용기도 없었다. 그녀는 생기발랄했고 약간의 화장을 한 듯했다. 그녀는 역시 아름다웠다.

그는 꼼짝하지 않고 여자 앞에 서서 조금 전 길 한가운데서 자신을 잊고 있었던 것처럼 지금도 스스로를 잊으려 하고 있었다. 그러나 그 아름다운 여자는 지루할 정도로 아무 말 없이 그의 눈을 똑바로 바라보며 의미 있는 미소를 짓고 있었다. 그 미소에는 어쩐지 가련하면서도 뻔뻔스러움이 다분히 담겨 있었다. 또한 그 미소는 아주 기이해서 마치 믿음이 깊은 순례자의 얼굴과도 같았고, 한편으로는 경리 장부를 지닌 시인처럼 어울리지 않는 듯도 했다.

그의 몸이 떨려오기 시작했다. 여자가 그 아름다운 입을 열어 무슨 말인가를 했지만 그 입에서 나오는 말은 모두 실없고 천한 말뿐이었다. 마치 인간다운 이성조차 내던져 버린 듯이.

그는 더 이상 들으려고 하지 않았다. 그는 몸 둘 바를 몰랐고, 마치 어린아이처럼 극도로 혼란스러웠다. 그는 이런 음침한 곳을 이용하고 싶은 생각도 없었고, 다른 사람 같으면 흐뭇해했을 이런 좋은 기회를 기뻐하기는커녕 오히려 놀란 사슴처럼 거리로 뛰쳐나오고 말았다.

머리를 떨어뜨리고 두 손을 늘어뜨린 채 마치 아주 값비싼 진주를 발견했다가 그것을 바다에 빠뜨리고 만 운수 나쁜 사람처럼, 그는 자기 방에 앉아 있었다.

"그렇게 아름다운 여자가, 그렇게 신성한 얼굴을 가진 여자가 그런 곳에 살고 있다니? 어떻게 그런 곳에서!"

그가 할 수 있는 말은 이것뿐이었다.

사실 음탕하고 독성 가득한 숨결을 들이마신 아름다운 여자를 만날 때면 강렬한 연민의 정을 느끼게 된다. 추한 여자라면 몰라도 그처럼 아름다운 미녀가, 우아한 여자가……. 우리의 머리는 아름다운 여자라면 무조건 순수하고 순결하다는 것과 연관 짓게 마련이다. 피스카로프를 이토록 매혹시킨 여자는 사실 너무나 아름다웠다. 흔히 찾아볼 수 없는 여자였던 것이다. 또 그런 부류의 여자가 그처럼 비천한 환경에서 살고 있다는 것이 보통 일은 아니라는 생각도 들었다. 그 여자의 얼굴 생김새는 정말 너무도 맑아서, 그 여자의 아름다운 얼굴 표정은 실로 너무나 고상해 보여서 어떠한 음탕함이 무서운 마수를 여자에게 뻗치고 있다고는 생각되지 않았다. 그 여자는 정열적인 남편에게는 실로 값진 진주가 될 수 있고, 전 세계가 될 수 있고, 낙원이 되고, 또 전 재산이 되기도 했을 것이다. 그 여자는 남에게 알려지지 않은 가정의 단란함 속에서 아름답고 조용한 별이 되어, 아름다운 입술을 조금만 움직여도 즐거운 명령을 내릴 수 있을 터였다. 또 많은 사람들이 모여 있는 커다란 홀의 모자이크 위에서 촛불의 빛을 듬뿍 받으며, 그녀의 숭

배자들이 말없이 경건한 마음으로 발밑에 조아리는 가운데 마치 여신처럼 될 수도 있었을 것이다. 아아! 그러나 그녀는 이 세상의 조화를 망가뜨리려는 악마의 무서운 계략에 의해 비웃음을 받으면서 이 무서운 나락에 내던져진 것이다.

피스카로프는 가슴이 미어지는 듯한 슬픔에 잠겨 꺼져 가는 촛불 앞에 앉아 있었다. 이미 자정이 넘어 시계바늘은 열두 시 반을 가리키고 있었다. 그러나 그는 꼼짝도 하지 않고, 꿈도 현실도 아닌 상태로 멍하니 앉아 있었다. 그리고 그가 꼼짝도 하지 않은 틈을 타 어느덧 조용히 졸음이 밀려오기 시작했다. 방 안은 이미 어두워져 꿈도 아니고 현실도 아닌, 그의 눈에는 그저 촛불만이 밝게 비치고 있었다.

그는 갑자기 문을 두드리는 소리에 몸을 일으키며 겨우 제정신이 들기 시작했다. 문이 열리고 그가 지금까지 본 일이 없는 값비싼 옷을 걸친 하인 한 사람이 안으로 들어왔다. 무엇보다 이런 시간에……. 그는 이상했지만 어쩔 수 없는 호기심에 안으로 들어온 하인을 물끄러미 바라보았다.

"저희 마님께서……."

하인은 공손하게 절을 하면서 말을 이었다.

"나리께서 서너 시간 전에 들르셨던 댁의 마님께서, 나리가 다시 한번 들러 주셨으면 하셔서 마차로 모시러 왔습니다."

피스카로프는 너무 어이가 없어 잠시 동안 그대로 서 있었다.

"마차를? 이렇게 좋은 옷을 입은 하인이? 아니야, 아마 뭔가가 잘못되었을 거야."

"이봐요!"

그는 더듬거리면서 말했다.

"집을 잘못 찾은 것 같은데⋯⋯. 아마 우리 집이 아닐 겁니다."

"아닙니다, 나리. 잘못 찾아오지 않았습니다. 마님을 리테이나야 거리의 4층 방까지 걸어서 배웅해 주신 분이 나리 아니십니까?"

"그건 맞아요."

"그럼 빨리 가 주셨으면 합니다. 마님께서는 꼭 뵙고 싶으니 그 집으로 곧장 와 주셨으면 좋겠다고 하셨습니다."

피스카로프는 계단을 뛰어 내려갔다. 문 앞에는 정말 마차가 기다리고 있었다. 그는 곧 마차에 올라탔다. 그러자 작은 문이 탁 하고 닫히더니 마침내 길가의 돌이 바퀴나 말발굽에 튀는 소리가 들렸다. 집들에서 흘러나오는 불빛이나 거리의 등불, 간판 등이 마차의 창가로 스쳐 지나갔다. 피스카로프는 이 일을 어떻게 해석해야 할지 곰곰이 생각에 잠겼다. 그러나 결론을 내릴 수는 없었다. 자기 소유의 집, 마차, 비싼 옷을 입은 하인⋯⋯. 이 모든 것 들이 4층 방의 먼지투성이 창문이나 음이 엉망인 피아노와 연관되지 않았다.

마차는 뜰에 등불이 켜진 집 앞에서 멈췄다. 갑자기 그는 줄지어 선 마차나 마부들의 이야기 소리, 등불로 환한 창문과 음악 소리에 놀라지 않을 수 없었다. 훌륭한 옷을 입은 하인이 그가 마차에서 내리기를 기다린 다음 대리석 기둥이 있고, 번쩍이는 옷을 입은 문지기가 있으며 여기저기에 외투가 놓인, 램프가 환하게 밝혀져 있는 현관 쪽으로 그를 공손하게 안내했다.

화려한 난간이 세워져 있고 향기가 나는 계단이 흐물흐물 위로 뻗어 있었다. 그는 이미 계단을 오르고 있었다. 그리고 요란한 인기척에 놀라서 처음에는 뒷걸음쳤지만 어느새 첫 번째 방으로 들어가고 있었다. 너무나 많은 사람의 얼굴이 뒤섞여서 눈에 들어왔기 때문에 그는 몹시 당황했다. 걷잡을 수 없는 악마가 전 세계를 조각조각 갈라놓고, 그 조각들을 아무 의미도 목적도 없이 섞어 놓은 것처럼 생각되었다. 반짝이는 여자의 어깨나 검은 연미복, 샹들리에, 램프, 하늘거리는 얇은 치맛자락, 흐늘거리는 리본, 장엄한 합창단의 난간 너머로 보이는 무거운 듯한 콘트라베이스, 이런 모든 것이 그의 눈에는 너무나도 호화스럽게 느껴졌다.

연미복 위에 별이 달려 있는 많은 노인들, 또는 아주 가볍고 우아한 모습으로 모자이크 바닥 위를 걷거나 가지런히 앉아 있는 여인들의 모습도 눈에 들어왔다. 프랑스어나 영어가 그의 귀를 어지럽게 만들었다. 검은 연미복 차림의 청년들은 기품이 넘치는 모습으로 위엄을 갖추고 이야기를 주고받고 있었다. 신사들은 아예 아무런 말을 하지 않거나 너무나도 의젓하게 재치를 발휘하면서 공손하게 미소를 머금고 있었다. 그들은 훌륭한 턱수염을 기르고 있었으며, 넥타이를 만지작거리면서 세련된 손짓을 하는 것을 잘 터득하고 있었으며, 숙녀들은 너무나도 들뜬 나머지 마음속에 솟아나는 만족감과 성취감에 빠져 시선을 다소곳이 내리깔고 있었다. 그러나 딱 한 사람, 어정쩡하게 기둥에 기대어 서 있는 피스카로프의 말없는 모습은 그가 몹시 당황하고 있음을 보여 주고 있었다.

이때 많은 사람들이 춤추고 있는 사람들을 에워쌌다. 여자들은 파리에서 만든, 공기로 짠 듯 투명하고 부드러운 의상을 몸에 두르고 움직이고 있었다. 그녀들은 빛나는 작은 발로 모자이크 바닥을 미끄러지듯 움직여, 전혀 닿지 않았을 때보다 더 공중에 떠 있는 듯한 느낌을 주었다. 그러나 그 가운데 단 한 사람, 누구보다도 아름답고 누구보다도 화려하게 빛나는 옷차림을 한 여자가 있었다. 여자는 지그시 어딘가를 바라보고 있었는데, 주위를 둘러싼 구경꾼들을 바라보고 있는 것은 아니었다. 아름답고 긴 속눈썹을 살며시 내리깔고 있는 여자의 밝고 하얀 얼굴은 여자가 머리를 기울여 희미한 그림자가 매혹적인 이마를 가릴 때 한층 더 눈부셨다.

피스카로프는 열심히 군중들을 밀치면서 여자를 바라보려 했다. 그러나 유감스럽게도 검은 고수머리의 어떤 사람이 끊임없이 여자의 모습을 막고 있었다. 더군다나 그는 사람들에게 밀리다 행여 어느 3급 관리를 밀기라도 한다면 큰일이라는 생각 때문에 앞으로도 뒤로도 움직일 수 없었다. 겨우 앞으로 빠져나온 그는 옷매무새를 가다듬기 위해 자기 옷을 내려다보았다. 젠장, 이 세상의 창조자께서는 어찌 그리 야속한지! 그는 프록코트를, 더군다나 물감으로 더러워진 옷을 입고 있는 것이 아닌가. 그는 너무 서두르느라 옷을 갈아입는 것도 잊어 버렸다. 그는 귀밑까지 빨갛게 물들면서 쥐구멍이라도 있으면 들어가고 싶은 심정이 되었다. 그러나 그 어디에도 숨을 만한 곳은 없었다. 왜냐하면 훌륭한 옷을 걸쳐 입은 하인들이 그의 등 뒤에 벽처럼 서 있었기 때문이었다. 그는 아름다운 이마와 속눈썹을 가진 그 여인 곁에서 되도록 멀리 떨어져야겠다고 생각하면서 그녀가 이쪽을 바라보지나 않을까 하는 두려운 마음으로 고개를 들었다. 그런데 그 여자가 바로 자기 앞에 서 있는 것이 아닌가……. 맙소사! 이게 어찌된 영문일까?

"그 여자다!"

그는 큰 소리로 외쳤다. 정말로 그 여자였다. 그가 네프스키 거리에서 만나 일부러 그녀의 집에까지 쫓아갔던 바로 그 여자였던 것이다.

이런 사이에도 그녀는 속눈썹을 들고 맑은 눈망울을 크게 뜨면서 사방을 둘러보았다.

"아! 아! 아! 어쩜 저렇게 아름다울 수가!"

그는 숨이 막혀 겨우 이 말밖에 내뱉을 수가 없었다. 그녀는 제각각 여인의 호감을 사기 위해 덤벼드는 무리들을 한 바퀴 둘러보았다. 그러나 어쩐지 피곤한 듯, 마음이 내키지 않는 듯한 모습으로 곧 눈길을 돌렸다. 그러다가 여자의 시선이 피스카로프의 시선과 마주쳤다. 오, 여기는 하늘일까 천국일까! 신이시여, 이 일을 견딜 수 있는 힘을 주소서! 잘못하면 영혼마저 잃어버릴 판이었다. 그녀가 신호를 보냈다. 그것도 손을 움직이거나 머리를 흔든 것도 아니고, 실로 견디기 힘든 그 눈으로 신호를 보낸 것이다. 더군다나 그 눈빛은 지극히 미묘하고 비밀스럽게 느껴졌다. 아무도 알아챌 수 없었다. 오직 피스카로프만이 알아챘던 것이다. 댄스는 한창 계속되고 있었고 졸리는 음악은 거의 끝나는 듯하다가도 다시 들려오곤 했다.

마침내 댄스가 끝났다! 여자는 자리에 앉았다. 피로해 보이는 여자의 가슴이 희미한 연기처럼 부드러운 옷 속에서 크게 숨 쉬고 있었다. 여자의 손(신이시여! 이 얼마나 아름다운 손입니까!)은 무릎 언저리에서 그 밑의 푹신한 자기 옷을 누르고 있었다. 손 밑의 옷이 음악을 되풀이하고 있고, 그 옷이 연한 연두색이라 여자의 아름다운 흰 손을 한층 돋보이게 했다. 그녀의 저 손을 만져 볼 수만 있다면 그것보다 더 좋은 것은 없을 텐데! 그것 이외엔 아무런 소원도 없었다. 그렇지만 그런 건 모두 뻔뻔스러운 일이다……. 그는 입을 열려고도, 숨을 쉬려고도 하지 않은 채 여자가 앉은 의자 뒤에서 그저 하염없이 서 있을 뿐이었다.

"지루하셨죠?"

여자가 말했다.

"저 역시 지루했어요. 그리고 저는 당신이 저를 싫어하고 있다는 것도 잘 알아요."

여자는 긴 속눈썹을 내리깔며 이렇게 덧붙였다.

"당신을 싫어하다니요? 제가? 나는……."

너무도 당황한 나머지 피스카로프는 말을 이을 수 없었다. 아마도 토막토막 이야기들을 중얼거리려 했는지도 모른다. 그때 눈치 빠르고 유쾌한 모습의 머리를 곱게 단장한 하인이 들어왔다. 하인은 보기에도 퍽 좋아 보이는, 결코 밉지 않은 이를 가지고 있었지만 유머를 말할 때마다 보이는 날카로운 송곳니가 피스카로프의 가슴을 찌르는 듯했다. 마침내 곁에 있던 한 사람이 하인에게 무엇인가를 물었다.

"이건 정말 견딜 수 없는 일이로군요!"

여자는 천국에나 있을 법한 눈을 그에게로 돌리면서 말했다.

"저는 홀의 저 끝 구석으로 가겠어요. 거기로 오세요!"

여자는 어느 틈엔가 사람들 사이를 뚫고 나가 금방 보이지 않았다. 그는 자신도 모르게 사람들을 밀치면서 이미 그쪽으로 가고 있었다.

그렇다, 바로 이 여자다. 여자는 지극히 아름답고 상냥한 모습으로 마치 황후처럼 앉아서 열심히 그를 찾고 있었다.

"오셨군요."

여자가 입을 열었다.

"당신에게 모든 것을 밝히겠어요. 당신은 우리가 처음 만났을 때의 일이 틀림없이 이상했을 거예요. 만난 장소가 장소였으니만큼 틀림없이 나도 그 천박한 여자들과 한 패거리라고 생각하셨겠죠. 당신에게는 내가 하는 일이 이상하게 보일 겁니다. 하지만 당신이 저를 믿어 준다면 당신에게 사정 얘기를 모두 해주겠어요."

이렇게 말하면서 여자는 남자의 얼굴을 지긋이 바라보았다.

"언제까지나 다른 사람에게 말하지 않겠다고 약속하실 수 있어요?"

"오오, 물론이죠! 그렇고말고요!"

그러나 바로 그 순간, 나이가 꽤 지긋한 사내가 다가와서는 피스카로프가 알아들을 수 없는 무슨 말인가를 여자와 주고받더니 여자에게 손을 내밀었다. 여자는 애원하는 듯한 눈길로 피스카로프를 바라보며 그대로 여기 서서 돌아올 때까지 기다려 달라고 눈짓했다. 그러나 그는 도저히 견딜 수가 없어서 어떤 명령도, 가령 여자의 입에서 나온 말이라 할지라도 그대로 앉아 있을 수 없는 기분이었다.

그는 여자의 뒤를 따라갔다. 그러나 모여 있는 사람들 때문에 두 사람의 사이는 멀어지고 말았다. 그의 눈에는 연두색 옷도 보이지 않았다. 그는 불안감을 견딜 수가 없어서 이 방에서 저 방으로 뛰어다니면서 아무런 거리낌 없이 지나치는 사람들을 모조리 밀어냈다. 어느 방에서는 죽음과도 같은 적막감이 감도는 가운데 손님들이 카드놀이를 하고 있었고, 어떤 방에서는 몇 명의 노인들이 무관직이 문관직보다 낫다는 것에 대해서 토론을 하고 있었다.

또 다른 구석에서는 고급스러운 연미복을 입은 청년들이 시인들의 어려운 작품들에 대해 가벼운 비난의 말을 하고 있었다. 피스카로프는 풍채가 좋은 한 노인이 그를 붙잡고 자신의 의견에 대한 그의 생각을 듣기 위해 이런저런 말들을 늘어놓는 걸 느꼈지만, 상대방 노인의 목에 아주 귀중한 훈장이 걸려 있는 것도 알아채지 못한 채 난폭하게 그 노인을 밀쳐 낸 후 다음 방으로 뛰어 들어갔다. 그러나 거기에도 여자는 없었다. 세 번째 방에도 역시 없었다.

'어디로 가 버린 것일까, 그 여자는? 그 여자를 돌려주시오! 아아, 그 여자를 보지 않고는 살 수가 없소! 그 여자가 말하고자 했던 이야기를 들어야만 합니다!'

그렇지만 이 모든 노력은 헛수고일 뿐이었다. 불안감과 피로에 지친 그는 한쪽 구석에 기대서서 모여 있는 사람들을 바라보았다. 핏기 어린 그의 눈에는 모든 것이 희미하게 비칠 뿐이었다. 마침내 자기가 있던 방의 벽이 겨우 똑똑하게 보이기 시작했다. 그는 눈을 떴다. 앞에는 촛대가 있었고, 촛불은 거의 꺼지려 하면서 밑바닥에서 불꽃이 가물거리고 있었다. 초가 거의 녹아서 낡은 탁자 위로 흘러내리고 있었다.

그동안 그는 잠들어 있었던 것이다! 아아, 꿈이라니! 왜 꿈에서 깨어나게 된 것일까? 1분만 더 계속되었다면 그녀는 분명 다시 나타났을 텐데! 새벽이 기분 나쁜 빛을 던지며 창문에서 그를 바라보고 있는 듯했다. 침침한 회색빛 방은 몹시 어지럽혀져 있었다. 아아, 현실이란 이다지도 혐오스럽단 말인가! 왜 꿈과는 이토록 다르단 말인가? 그는 천천히 옷을 벗고 사라져 버린 꿈을 억지로 다시 불러들이려고 담요를 덮어쓰고 누웠다. 그러나 꿈, 그것이 다시금 시작되긴 했지만 자신이 보고 싶은 것은 통 나타나지 않았다. 피고로프 중위가 파이프 담배를 물고 나타나는가 하면 학술원의 수위가 나타나기도 하고, 고등 문관이 보이는가 하면 언젠가 그가 초상화를 그려 준 핀란드인의 머리가 불쑥 나타나기도 했는데, 이것저것 모두가 쓸모없는 것뿐이었다.

정오가 가까워질 때까지 그는 잠들기 위해 침대에 누워 있었다. 그러나 더 이상 여자는 나타나지 않았다. 아주 잠깐이라도 좋으니 그 아름다운 모습을 볼 수 있었으면, 눈 깜짝할 순간이라도 좋으니 그 아름다운 모습을 볼 수 있었으면, 높은 산의 흰 눈처럼 시원스런 그 손목이 그의 눈앞에 보인다면……. 그는 모든 것을 뿌리치고, 모든 것을 잊고 다만 꿈에 젖어 슬픈 듯이 앉아 있었다. 이제는 무엇을 하겠다는 생각도, 무엇을 보겠다는 생각도 없이, 살아 있다는 기분도 없이 그의 눈은 멍하니 정원을 향한 창문 밖을 바라보고 있었다. 물을 운반하는 일꾼이 진흙투성이가 된 채 물을 붓고 있었다. 장사꾼의 염소처럼 떨리는 목소리도 들려왔다.

"헌 옷 팝니다!"

매일매일의 아주 평범한 이 일들이 이상하게도 오늘은 듣는 사람의 가슴을 때렸다. 이렇게 해가 질 무렵까지 앉아서 지내던 그는 마침내 앞뒤 일을 분간하지 못한 상태로 침대에 누웠다. 오랜 시간 동안 뒤척였던 것 같았지만 그는 잠들지 못했다. 그러다가 마침내 잠이 들었다. 또다시 이상한 꿈을 꾸었다. 어쩐지 시들하고 기분이 나빠지는 꿈이다.

"오오, 신이여! 제발, 잠시 동안, 단 1분만이라도 좋으니 그녀를 만나게 해 주십시오!"

그는 또 밤이 되기를 기다렸다가 다시 잠들었다. 그렇지만 이번에도 함께 있었던 관리라든가 악기 따위만 나타났을 뿐이었다. 정말 견딜 수 없었다!

그러다 마침내 그녀가 꿈에 나타났다! 그녀의 머리와 머리카락……. 그녀는 이쪽을 보고 있다……. 아아, 어쩌면 이렇게 시간이 짧을 수가! 그러고는 다시 안개처럼 사라져 버렸다.

이젠 꿈꾸는 것이 그의 삶이 되어 버렸다. 그리고 이때부터 기이하게도 그날그날의 생활이 크게 바뀌었다. 말하자면 그는 현실에서는 잠들고 꿈속에서는 눈을 뜨고 있었던 것이다. 만일 누군가가 아무것도 놓여 있지 않은 탁자 앞에 앉아 있는 그의 모습이나, 아니면 거리를 걷고 있는 그의 모습을 발견한다면 그를 몽유병 환자나 귀신이 붙은 사람이라고 생각할 것이 분명했다. 그의 눈은 전혀 제구실을 하지 못했고, 마침내 그의 얼굴에서는 모든 감정, 모든 움직임이 지워졌다. 다만, 그는 밤에만 살아 있는 듯했다.

이리하여 그의 체력은 거의 정상 상태를 잃게 되었다. 그리고 그에게 가장 두려운 고민은 아무리 애써도 잠들 수 없게 되었다는 것이었다. 그는 잠들어서 꿈을 꾸겠다는 유일한 소원을 이루기 위해 갖가지 방법을 연구했다. 잠들게 하는 방법이 있다는 말을 들은 적이 있었지만, 그러기 위해서는 아편을 복용하는 수밖에 없었다. 그러나 어디에서 아편을 구할 것인가? 그는 숄 상점을 하고 있는 페르시아인을 떠올렸다. 그와 마주치기만 하면 언제나 미인을 그려 달라고 조르는 사람이었다. 그는 이 사람에게는 틀림없이 아편이 있을 것이라고 확신하고 그에게로 가 보기로 했다.

페르시아인은 긴 의자에 다리를 꼬고 앉은 채 그를 맞이했다.

"아편은 어디에 쓸 거요?"

그가 물었다.

피스카로프는 자신의 불면증에 대해서 이야기했다.

"좋습니다. 아편을 드리죠. 그 대신 미인화를 하나 그려 주시오. 굉장히 아름다운 미인 말이오! 눈썹이 길고, 눈이 올리브 열매만큼 크고, 내가 곁에 누워서 한 대 피울 수 있도록 말이오. 듣고 있소? 아름다워야 합니다! 미인이어야만 한단 말이오!"

피스카로프는 그의 제안을 받아들였다. 페르시아인은 잠시 나갔다가 검은 액체가 가득 든 병을 가지고 들어와 그것을 조심스럽게 다른 병에 옮겨 담고 일곱 방울을 물에 타서 피스카로프에게 주었다. 피스카로프는 황금을 주어도 바꿀 수 없는 소중한 병을 움켜쥐고 걸음을 재촉해 집으로 돌아왔다.

그는 집에 돌아오자마자 물이 들어 있는 컵에 그것을 몇 방울 타서 단숨에 들이키고는 얼른 침대에 누웠다. 아아, 얼마나 황홀한 일인가! 그 여자가, 다시금 그녀가, 이번에는 전과는 아주 다른 세계에 그녀가 있었다. 오, 그녀는 시골의 밝은 어느 집 창가에 앉아 있었다. 그 모습은 시인이 아니고서는 상상할 수 없는 모습이었다. 그녀의 머리 손질은…… . 신이여, 어쩌면 그렇게도 그녀와 잘 어울릴 수 있는지! 짧은 여자용 수건이 건강한 목덜미에 사뿐히 걸려 있었다. 그녀의 모든 것이 신비롭고 형언할 수 없는 기쁨에 넘쳐 있었다. 걸음걸이는 어찌 그리도 사랑스러운가! 한 걸음씩 내딛을 때마다 들리는 소리는 얼마나 음악적인가! 그녀의 손은 또 얼마나 아름다운지! 눈에 눈물이 고인 채 그녀는 말했다.

"무시하지 말아 주세요. 저는 당신이 생각하는 그런 여자가 아니에요. 잘 보세요, 잘 보신 다음에 말씀해 주세요. 역시 당신이 생각했던 바와 같은지 어떤지를요."

"오, 아니야, 아니야, 거짓이라고 생각한다 해도 어떻게 그럴 수가, 정말로…… ."

그는 거기서 잠을 깼다. 너무나 흥분해서 눈에 눈물마저 고여 있었다. '차라리 당신이라는 여자가 없었더라면! 이 세상에 살아 있지 않았더라면, 다만 영감에 의해서 화가가 그려 낸 여자였다면, 그렇다면 나는 캔버스 앞에서 떠나지 않았을 거요. 언제나 당신을 바라보고 당신에게 키스했을 거요. 살아가면서 가장 아름다운 꿈을 지니고 살았을 거요. 그랬더라면 그때는 정말이지 행복하게 살았을 텐데. 그 이상은 아무런 소원이 없을 텐데. 수호천사의 이름을 부르듯이 잠이 들거나 눈을 뜨거나 당신의 이름을 불렀을 것이오. 그리고 신성한 무엇인가를 마음속으로 그리는 때라면 당신 모습이 나타나기를 기다렸을 거요. 그러나 지금은……. 이토록 무서운 생활을 하고 있을 줄이야. 그녀가 살아 있다는 사실이 어떤 도움이 되는지. 이런 미치광이 같은 삶이 내 친척들과 나를 사랑해 주던 사람들에게 어떻게 보일까? 아아, 내 생활이 도대체 뭐야! 꿈과 미친 짓거리 사이에서의 끊임없는 불화가 아닌가!' 이런 생각들이 끊임없이 그를 괴롭혔다.

그는 이제 다른 일은 조금도 생각하지 않았고, 더군다나 아무것도 먹지 않았다. 그저 견딜 수 없는 그리움에 잠기고, 사랑하는 사람에 대한 그지없는 애절한 마음으로 해가 저물기를 기다리고 보고 싶은 그림자를 기다리는 것이다. 끊임없이 한 가지 일에 마음을 쏟고 있는 사이에 마침내 모든 현실의 일이나 상상이 스스로를 움직일 수 있는 큰 힘이 생겨 그리워하는 여자의 모습이 거의 매일같이 나타나게 되었다. 하지만 현실의 여자와는 언제나 그 모습이 달랐다. 그것은 그의 마음이 어린아이처럼 너무나 깨끗하기 때문이었다. 꿈에 나타나는 그녀는 한층 더 청순하게 보였고, 완전히 형태가 변해 있었던 것이다.

아편을 복용하면서 사물에 대한 그의 사고는 한층 격렬해졌다. 만일 지독한 광기로 인해 맹렬하고 무섭게 그리고 혹독하게, 녹아날 듯한 사랑을 경험한 사람이 있다면 그 불행한 자는 바로 그였다. 그가 꾼여러 가지 꿈 가운데 한 가지 그에게 아주 기쁜 것이 있었다. 그것은 그가 어느 정도 꿈에 확신이 들 때였다. 그는 몹시 기분이 좋아서 팔레트를 손에 들고 즐거운 듯이 앉아 있었으며 그녀도 이미 거기에 있었다. 그녀는 그의 아내가 되어 남편의 의자 등받이에 그 매혹적인 팔꿈치를 올려놓고 남편의 작업을 지켜보고 있었다. 피곤해서 힘이 없는 듯한 아내의 눈에는 그지없는 환희의 빛이 감돌고 있었다. 모든 것이 빛나고 아름답게 차려져 있었다. 아아, 여자는 남자의 가슴에 그 매혹적인 머리를 묻었다……. 이렇게 멋진 꿈을 그는 두 번 다시 꾸지 못했다. 그러나 그는 이 꿈을 꾸고 난 후 어쩐지 전보다 생기 있고 멍하니 있는 일도 적어진 듯이 보였다. 머릿속에는 이상한 생각들이 자리 잡았다.

"어쩌면…….”

그는 생각했다.

'그 여자는 뜻하지 않은 일로 그 음탕한 생활 속에 말려들었는지도 모른다. 어쩌면 그 여자의 마음은 후회하고 있을지도 몰라. 틀림없이 그런 비참한 환경에서 도망쳐 나오길 원하고 있을 거야. 그런데도 그녀가 파멸해 가는 것을 태연히 바라보고만 있겠다는 것인가. 단지 손만 내밀면 그런 구렁텅이에서 그녀를 빼낼 수 있지 않은가.'

그는 이렇게 혼자 중얼거렸다.

"누구도 나를 알지 못해. 누가 나에게 볼일이 있겠는가. 나 역시 남들에겐 볼일이 없거든. 만일 그녀가 자기 생활을 정리하고 자기의 생활을 고치겠다고 한다면 나는 그녀와 결혼할 거야. 아니, 반드시 그녀와 결혼해야만 해. 그렇게 되면 우리 집 가정부나 다른 놈들의 마누라들과는 비교도 되지 않을 거야. 게다가 나의 이런 행동은 깨끗하면서도 위대하기까지 하단 말이지. 나는 세상에서 가장 아름다운 내 자랑거리를 세상에 보여 줄 테다!"

그는 속으로 이런 계획을 세우면서 자신의 얼굴이 점차 상기되는 것을 느꼈다. 거울 앞으로 다가간 그는 자신의 볼이 움푹 패이고 얼굴이 창백하다는 것에 스스로 놀랐다. 그는 곧 조심스럽게 몸단장을 시작했다. 세수를 하고 머리를 빗고 화려한 조끼에 새 프록코트를 입고 그 위에 외투를 걸치고는 거리로 나왔다. 상쾌한 공기를 들이마시자, 마치 오랫동안 앓고 난 후 처음으로 외출한 환자처럼 가슴이 상쾌해졌다. 그 운명적인 만남 이후 단 한 번도 발을 들여놓은 적이 없는 거리로 다가갈 때 그의 가슴은 몹시 두근거렸다.

그는 한참 동안 여자의 집을 찾아 헤맸다. 어쩌면 기억하지 못할지도 모른다. 두 시간 동안 거리를 걸어 다녔지만 바로 이 집이라고 할 만한 곳은 없었다. 그런데 얼마 후 비슷하게 느껴지는 집이 나타났다. 그는 재빠르게 계단을 뛰어올라가 문을 두드렸다. 문이 열렸다. 그리고 그의 눈앞에 나타난 것은? 그의 이상, 그의 마음속에 숨겨진 그림자, 상상 속 그림의 원형, 그가 지금껏 살아오는 동안 그토록 그를 두렵고 또 즐겁게 해준 그 여자, 바로 그 여자가 자기 앞에 서 있었다. 그는 온몸이 떨려오는 것을 느꼈다. 생기 없이 창백한 얼굴임에도 불구하고 여자는 여전히 아름다웠다.

"아!"

여자는 피스카로프를 보자 눈을 비비면서 외쳤다(그때 시간은 이미 두 시였다.).

"당신, 그때 왜 도망쳤나요?"

그는 의자에 털썩 앉으면서 여자를 바라보았다.

"난 지금 막 일어났어요. 아침 일곱 시에 들어왔거든요. 술에 꽤 취했던 것 같아요."

여자는 웃으면서 말했다.

오, 이런 말을 뱉어 낼 거라면 차라리 너는 벙어리가 되어 말을 하지 못하는 게 낫겠다. 여자는 순식간에 파노라마와 같이 자기 생활 전부를 드러내 보였다. 그럼에도 그는 마음을 다져 먹고 그의 충고가 여자에게 효과가 있을지를 시험해 보아야겠다고 생각했다. 그는 열심히, 약간 긴장되기는 했지만 열성적인 목소리로 여자가 두려워해야 할 환경에 대해 이야기했다. 여자는 지극히 조심스러운 모습으로, 우리가 전혀 예기치 못한 일에 맞닥뜨렸을 때 그러하듯이 놀란 표정으로 그의 말을 듣고 있었다. 그리고 여자는 가볍게 미소 지으면서 친구들이 있는 쪽을 바라보았다. 한 여자는 구석에 앉아 빗을 문지르고 있다가 손을 멈추고, 막 들어온 설교자의 말에 열심히 귀를 기울이고 있었다.

"저는 가난합니다."

긴 훈계를 마친 피스카로프가 말했다.

"하지만 우리 함께 열심히 삽시다. 서로 다투듯이 노력해서 우리의 삶을 향상시키도록 합시다. 모든 일을 자기 힘으로 하는 것만큼 즐거운 일은 없으니까요. 나는 앉아서 그림을 그릴 겁니다. 당신은 내 옆에서 격려를 해 주거나, 바느질을 하거나, 아니면 다른 손쉬운 일을 하세요. 그렇게 한다면 우리에게 부족한 것은 없어요."

"천만에요!"

여자는 경멸하는 듯한 표정으로 그의 말을 가로막았다.

"난 빨래를 하거나 바느질하는 여자가 아니에요. 더군다나 일 따위는 좋아하지도 않구요."

아아! 그녀의 말에는 실로 천박하고 경멸할 만한, 음탕함과는 끊으려야 끊을 수 없는 우매함과 나태함으로 가득 찬 생활이 그대로 나타나 있었다.

"나와 결혼해주세요."

그러자 그때까지 구석에 잠자코 앉아 있던 여자가 무례한 모습으로 말참견을 했다.

159

"만일 내가 아내가 된다면, 이런 식으로 앉아 있어 줄게요."

이렇게 말하면서 그 여자는 보기에도 애처로운 바보 같은 표정을 지어 보였다. 그러자 그 아름다운 여자는 크게 웃어댔다.

오, 이것은 정말이지 너무나 지나친 일 아닌가! 이렇게 되면 더 이상 방법이 없다. 그는 정신없이 밖으로 뛰어나왔다. 목적도 없고, 아무것도 보이지 않고, 아무것도 들리지 않고, 아무것도 느껴지지 않는 상태로 그는 하루 종일 돌아다녔다. 어느 누구도 그가 어디서 밤을 새웠는지 알 수 없었다. 다만, 다음 날이 되자 그는 머리칼은 흐트러지고, 창백한 얼굴에 마치 미치광이와 같은 무서운 표정을 한 채 본능적으로 집으로 돌아왔다. 자기 방으로 들어간 그는 아무도 들어오지 못하게 하고 또 아무것도 먹지 않았다.

4일이 지났건만 그의 방문은 여전히 닫힌 채였다. 사람들이 그의 문 앞으로 몰려가서 그를 불러보았다. 그러나 아무런 대답도 없었다. 마침내 문이 부서지고, 목을 자르고 숨진 그의 시체가 눈에 들어왔다. 피묻은 면도칼이 마루에 나뒹굴고 있었다. 경련을 일으킨 듯 쫙 벌어진 두 손이나 무섭게 일그러진 얼굴로 미루어 보아 면도칼을 댄 자리가 정확하지 못해 죄 많은 그의 영혼이 그의 육체를 떠날 때까지 오랫동안 고통을 받았음을 알 수 있었다.

이렇게 미칠 듯한 사랑에 빠진 사나이, 조용하고 소심했지만 어린아이처럼 순진했던 사나이, 동시대를 넓고 밝은 빛으로 물들일 만한 재능

이 있었던 가엾은 피스카로프는 저세상으로 떠난 것이다. 슬퍼해 주는 사람 하나 없이, 숨이 끊어진 시체 옆에는 이상할 것 없다는 듯한 경찰의 표정과 의사의 딱딱한 얼굴 밖에는 보이지 않았다. 종교적인 의식이 생략된 채 시신은 아주 조용하게 오흐타(공원묘지를 말한다_옮긴이)로 운반되었다. 뒤를 따르던 감시관만이 울고 있었다. 그러나 그것도 그가 남아있던 보드카를 몽땅 마셨기 때문이었다. 피고로프 중위조차도 생전에 자기가 그렇게 돌봐 주던 사람의 마지막을 보러 오지 않았다. 하긴 그는 올 만한 처지가 아니었다. 그는 중요한 일 때문에 무척 바빴던 것이다. 그럼 이제 그에 관한 이야기를 해 보자.

나는 시체나 죽은 사람을 좋아하지 않는다. 언제나 긴 장례식 행렬이 지나가고, 노병이 이상한 모양의 두건을 쓰고서 오른손에 횃불을 들고 있기 때문에 왼손으로 코담배를 쥐고 있는 것을 보면 영 기분이 나빠진다. 또 고급스러운 영구차나 벨벳으로 감싼 관을 보려 하면 언제나 속이 메스꺼워진다. 그러나 나의 이런 기분도 가난해서 아무것도 덮지 못한 영구차를 끌고 가는 마부를 보면, 큰길의 네거리에서 만난 여자 거지 하나가 하릴없이 그 뒤를 따라가는 것을 보면 슬픔으로 가슴이 쓰려 오기 일쑤다.

우리는 아마도 피고로프 중위가 불쌍한 피스카로프와 헤어져 금발의 여자를 뒤쫓아가는 부분에서 그를 놓쳤던 듯하다. 이 금발의 여자는 가벼운 이야기가 통하는 상대였다. 그녀는 상점 앞에 이를 때마다 일일이 멈춰 서서 진열장에 놓인 히리띠나 목도리, 수건, 귀고리, 장갑이나 그 밖의 여러 가지 물건을 들여다보기도 하고, 번번이 머리를 돌려 여기저기를 둘러보고 뒤돌아보기도 했던 것이다.

"너, 귀여운 것, 너는 내 것이다!"

피고로프는 아는 사람과 마주치지 않도록 외투의 깃을 세워 얼굴을 가리고 미행을 계속하면서 자신 있게 중얼거리곤 했다. 여기서 피고로프 중위가 어떤 사람인지를 독자 여러분께 이야기한다고 해서 별로 방해되지는 않을 것이다. 그러나 피고로프 중위가 어떤 사람인지를 이야기하기 전에 그가 소속해 있는 사회에 대해 조금 말해 두는 것도 괜찮으리라 생각된다.

페테르부르크에는 중간 계급을 형성하고 있는 사관들이 있다. 40년 동안이나 일해서 겨우 5급 문관이나 4급 문관에 이른 사람들이 여는 파티나 만찬회에 가 보면 언제나 그들의 동료 한 사람쯤은 거기에 있게 마련이다. 페테르부르크의 거리처럼 창백하고 윤택함은 거의 찾아보기 힘들고, 때로는 나이를 너무 많이 먹은 이들도 간간이 보이는 몇 명의 아가씨들, 찻상, 피아노, 가정 댄스 등은 모두 정숙한 금발의 여자나 형제, 가족, 친지들 사이에서 램프의 불빛을 받아 반짝이는 검은 연미복의 견장과 뗄 수 없는 관계이다. 이런 냉담한 아가씨들을 웃긴다는 것은 결코 쉬운 일이 아니다. 그러기 위해서는 뛰어난 기교가 필요하다. 그보다는 오히려 아무런 기교도 없는 게 낫다. 너무 똑똑한 체하지 않고 너무 우습지도 않도록, 또한 무슨 이야기든 여자들이 즐기는 화젯거리를 조금은 첨가해서 이야기하지 않으면 안 된다.

더군다나 이런 일에서는 방금 말한 사관들의 솜씨에 주의를 기울이지 않으면 안 된다. 그들은 시들어 가는 숙녀들을 웃기거나 귀를 기울이게 하는 특수한 능력을 갖고 있다. 숨이 막힐 정도로 웃고 나서 "아, 그만하세요! 이렇게 웃기는 것이 부끄럽지 않으세요?"라고 외치는 소리가 이런 사람들에게는 최고의 상금이 되는 것이다. 그들은 상류 계층의 모임에는 거의 얼굴을 내밀지 않는다. 아니, 절대로 모습을 나타내지 않는다. 그곳에 가면 이 사회에서 귀족이라는 칭호를 받는 사람들에 의해 완전히 압도당해 버린다.

또한 이런 사람들은 지식 있고 교양 있는 사람들이다. 그들은 문학에 관한 이야기를 좋아한다. 불가닌이나 푸슈킨, 그레차니노프를 찬양하고 오를로프에 관한 이야기를 할 때는 신랄하게 비꼬며 경멸하기도 한다. 공개 강연이 있는 날이면 그것이 부기에 관한 것이든, 아니면 산림에 관한 것이든 간에 한 번도 빠지지 않고 출석한다. 어떤 공연을 하든 극장에 가면 그들 가운데 한 사람쯤은 이미 와 있을 것이다. 말하자면 그들은 극장의 단골인 셈이다. 즉 극장 운영자에게는 지극히 소중한 존재들이다.

그들은 연극에 나오는 아름다운 시를 좋아하고 큰 소리로 배우를 불러내기를 좋아한다. 그들 대부분은 공립학교에서 교편을 잡고 있거나 공립학교에 들어갈 준비를 하는 사람들로 2인승 마차 정도를 굴릴 수 있게 된다. 그때는 사교의 범위도 넓어져 마침내 그들은 피아노를 칠 수 있고, 10만 루블 정도의 현금이 있거나 혹은 수염이 많이 난 친척들 주변에서 놀 줄 아는 장사꾼의 딸과 결혼하기에 이른다. 그렇지만 이런 명예는 적어도 대령 정도가 되지 않으면 얻기 힘들다. 왜냐하면 러시아에서 수염을 기른 인물들은 비록 본인들은 양배추 같은 가난뱅이 냄새가 나는 수염을 지니고 있을지언정 자기 딸만은 장군이나 대령 정도가 아니면 주고 싶어 하지 않기 때문이다. 이상이 이런 부류 청년들의 대체적인 형태이다.

그러나 피고로프 중위는 이러한 것 외에도 그만의 특별한 재능을 갖고 있다. 그는 〈드미트리돈 스코이〉나 〈지혜의 슬픔〉 속에 나오는 시를 재치 있게 읊조리기도 하고, 담배 연기를 동그란 모양으로 열 개쯤 연달아서 만들어 내기도 하고, 사수는 대포로 구별한다는 괴상한 이야기를 유쾌하게 늘어놓을 줄도 알았다. 그러나 여기에는 젊은 기수들이 항상 이런 것을 화제 삼아 이야기할 때처럼 신랄함이 들어 있지 않았다. 여하튼 피고로프의 타고난 재능을 모두 열거한다는 것은 조금 힘든 일이다. 그는 여배우나 댄스에 관해 이야기하는 것을 좋아했지만, 젊은 소위였을 때는 이런 것을 좋아하는 것도 흔치 않는 일이었다. 그는 최근에 중위로 진급했지만 이 지위에 대만족이었다. 그래도 이따금은 소파에서 뒹굴면서 말하곤 했다.

"아아, 모든 것이 다 허영이구나! 내가 중위라고 해서 도대체 그게 어떻다는 건가!"

그러면서도 그는 마음속으로는 이 새로운 지위에 꽤 만족하고 있었다. 그는 다른 사람과 이야기할 때면 가끔 이런 눈치를 보이려고 애썼다. 그리고 과거에 그에게 무례한 짓을 했던 어느 서기를 길거리에서 만나자 즉시 그를 불러 세우고는 격렬한 어조로, 지금 그 앞에 서 있는 사람은 중위님으로서 보통 사람과 같지 않다는 것을 인정케 한 일까지도 있었다.

더구나 바로 그때 그의 곁을 매우 아름다운 여자 두 명이 지나갔기 때문에 그는 한층 소리를 높여 그것을 강조했던 것이다. 피고로프는 또 미술에 대해 항상 정열을 가지고 있었기 때문에 화가인 피스카로프를 격려하곤 했다. 그것은 아마도 자기의 초상화를 풍채가 당당한 모습으로 그려 주기를 바라고 있었기 때문이겠지만 말이다. 피고로프에 관한 설명은 이것으로 충분할 것 같다. 이 사내는 실로 이상한 사람이어서 그의 좋은 점을 한꺼번에 열거하는 것이 불가능하다. 또 이 사내를 보면 볼수록 새로운 특색이 나타나기 때문에 그걸 적고 있노라면 끝이 없다.

어쨌거나 피고로프는 미지의 여자를 뒤쫓고 있었고, 가끔 여자에게 말을 걸곤 했는데, 그럴 경우 여자는 한두 마디 확실치 않은 말로 대꾸하곤 했다. 두 사람은 카잔스키 문을 지나서 담배 가게나 잡화상들이 많고, 독일인 직공이나 핀란드인 백정이 있는 미샨스카야 거리로 들어갔다. 금발의 여자는 점점 걸음이 빨라지더니 어느 지저분한 집 대문 안으로 들어갔다. 피고로프는 계속 그 여자의 뒤를 따라갔다. 여자는 좁고 어두운 계단으로 뛰어 올라가 문안으로 들어갔고 피고로프도 따라 들어갔다. 그는 검은 벽과 검게 그을린 천장이 있는 넓은 방으로 들어간 것을 알게 되었다. 쇠로 된 나사못이며 연장, 잘 닦인 커피잔, 촛대가 탁자 위에 가득 놓여 있고 바닥에는 구리나 쇳조각들이 잔뜩 흩어져 있었다. 피고로프는 곧 여기가 직공이 사는 곳이라는 걸 깨달았다. 미지의 여자는 여기서 다시 옆방의 문을 열고 뛰어 들어갔다. 그는 어떻게 할까 잠시 생각에 잠겼지만, 러시아인의 습관에 따라 계속 뒤쫓기로 했다. 그러고 나서 다음 방으로 따라 들어갔는데, 여기는 첫 번째 방과는 달리 아주 깨끗하게 장식되어 있었고, 언뜻 보아도 이 방의 주인이 독일인임을 짐작할 수 있었다. 그는 심상치 않은 이 묘한 분위기에 놀라지 않을 수 없었다. 그의 앞에는 실러가 앉아 있었는데, 〈빌헬름 텔〉이나 〈30년 전쟁사〉를 쓴 실러가 아니라 미샨스카야 거리에서 철공소 직공으로 유명한 실러가 있었기 때문이다. 실러 곁에는 호프만이 서 있었다. 그 역시 작가 호프만이 아니라, 오피테르스카야 거리에서는 꽤 뛰어난 구두 직공으로 인정받는 사람으로 실러와는 둘도 없는 친구였다.

실러는 술에 흠뻑 취해서 의자에 앉아 발을 구르며 무엇인가 열심히 떠들어 대고 있었다. 이 정도뿐이라면 피고로프는 별로 놀라지 않았을 것이지만, 두 사나이가 퍽 이상한 짓을 하고 있었기에 놀라지 않을 수가 없었다. 실러는 크게 숨을 몰아쉬면서 얼굴을 천장 쪽으로 향해 앉아 있었고, 호프만은 그런 실러의 코를 두 손가락으로 누르고 구두 직공이 쓰는 칼로 코끝에 구멍을 뚫고 있었던 것이다. 두 사람이 독일어로 이야기하고 있었기 때문에, 독일어로 '안녕하세요'밖에 할 줄 모르는 피고로프로서는 이런 장면을 전혀 이해할 수 없었다. 그렇지만 실러가 하는 말은 요컨대 이런 내용이었다.

"난 필요 없어, 나에게 코는 필요하지 않다구!"

그는 손을 흔들면서 말하고 있었다.

"이 코 하나에 한 달에 3푼트가량의 담배가 들어. 그리고 나는 담배를 사기 위해 러시아의 지저분한 상점에서 1푼트에 40코페이카씩 지불하고 있지. 이게 곧 1루블 20코페이카가 되고 또다시 14루블 40코페이카가 되는 거지. 알겠나, 호프만? 코 하나에 14루블 40코페이카야. 물론 명절에는 라페 담배를 피우지. 명절날까지 러시아의 지저분한 담배를 피울 순 없거든. 일 년에 2푼트의 라페를 피우는 거야. 1푼트가 2루블이니까 담배에만 20루블 40코페이카가 드는 거야. 이건 정말 쓸데없는 일이지 않나? 어때 호프만, 그렇지 않나?"

역시 취해 있던 호프만이 자신 있게 대답했다.

"20루블 40코페이카! 나는 슈바벤의 독일인이야! 독일에 가면 왕이 있어. 난 코 같은 것은 원하지 않아! 코를 잘라 줘! 내 코를 말이야!"

만일 피고로프 중위가 불시에 나타나지 않았더라면 호프만은 실러의 코를 틀림없이 잘라 버렸을 것이다. 구두 밑창을 자르려는 때와 같은 자세로 이미 칼날을 실러의 코에 대고 있었기 때문이다.

실러는 전에 본 적도 없고 초청하지도 않은 사람이 나타나 기껏 치르려는 일을 방해하는 것이 무척 괘씸했다. 술에 취하기는 했지만 낯선 사람이 보는 앞에서 이런 일을 한다는 것은 보기 흉하다는 생각이 들었다. 그 사이에 피고로프는 가볍게 인사하면서 특유의 상냥한 목소리로 말했다.

"실례합니다만……."

"저리 꺼져!"

실러가 길게 늘어지는 소리로 대답했다.

여기서는 피고로프 중위도 당황하지 않을 수 없었다. 이런 취급을 받는 것은 난생 처음이었기 때문이다. 그의 얼굴에 감돌던 미소가 순식간에 사라졌다. 그는 체면이 구겨졌다는 생각이 들어 이렇게 말했다.

"좀 이상하군요. 당신은 내가 장교라는 것을 잘 알지 못하나 보죠?"

"장교가 뭐야! 나는 슈바벤의 독일인이야. 나도(여기서 실러는 주먹으로 탁자를 쾅 내리쳤다.) 장교가 된단 말이야. 사관후보생을 1년 반, 중위는 2년, 내일 이맘때쯤이면 장교가 된다고. 그러나 나는 그 따위 일은 하고 싶지 않아. 장교 따위에겐 이렇게 해 주지. 후!"

이렇게 말하면서 실러는 손바닥을 내밀어 후 하고 불었다.

피고로프는 여기를 떠나는 수밖에 없다고 생각하긴 했지만, 이런 취급은 그의 신분에 맞지 않은 아주 무례한 대우였기 때문에 불쾌하기 짝이 없었다. 그는 몇 번이나 계단에 멈춰 서서는 용기를 내서 실러에게 따끔한 맛을 보여 줄까 생각했다. 그러나 결국 실러의 머릿속에는 맥주가 가득 차 있을 것이니 눈감아 줘도 괜찮겠다고 생각했다. 더군다나 아름다운 여자가 떠올랐기 때문에 그런 일 따위는 깨끗이 잊어버리려고 결심한 것이다.

다음 날 피고로프 중위는 아침 일찍 철공소 직공의 일터에 나타났다. 그가 그곳에서 처음 만난 것은 바로 그 금발의 아름다운 여자였는데, 여자가 얼굴에 잘 어울리는 새침한 목소리로 물었다.

"무슨 일이시죠?"

"아, 안녕하세요. 나의 사랑! 당신, 저를 알아보겠어요? 정말로 아름다운 눈이로군!"

이렇게 말하면서 피고로프 중위는 무척 반가운 듯 손가락으로 여자의 턱을 추켜올리려 했다. 그러나 금발의 여자는 놀란 듯이 외마디 소리를 지르고는 계속 새침한 말투로 물었다.

"무슨 일이시냐구요?"

"당신을 보고 싶다는 것 외에 다른 일은 없습니다."

피고로프 중위는 매우 즐거운 듯이 미소 지으면서 더 가까이 다가서

며 말했다. 그러나 겁 많은 금발 여자가 안으로 들어가려 하는 것을 보고는 급히 이렇게 덧붙였다.

"저 박차를 하나 주문할까 합니다. 여기서도 박차를 만들 수 있나요? 사실 박차 따위는 필요 없지만, 당신을 사랑하고 싶으니까. 그것보다는 굴레를 만드는 게 낫겠군. 정말 아름다운 손이야!"

이런 말을 할 때의 피고로프 중위에게는 은근한 면이 있었다.

"남편을 불러오겠어요."

독일 여자는 이렇게 소리치고 나갔다. 피고로프는 잠시 후에 실러가 간밤의 술에서 겨우 깨어난 듯 졸린 눈으로 나오는 걸 보았다. 그는 장교를 힐끗 쳐다보고는 꿈이라도 꾼 듯이 멍하니 어제의 일을 기억하려 했다. 그러나 어제 있었던 일은 제대로 기억나는 것이 하나도 없었다. 다만, 무엇인가 바보 같은 일을 했다는 느낌만 들어 굳은 표정으로 장교를 맞이했다.

"15루블 이하로 깎으신다면 박차 주문을 맡을 수 없습니다."

이렇게 말하면서 그는 피고로프 앞을 떠나려고 했다. 명예로운 독일인으로서 자기의 그런 무지막지한 모습을 직접 본 사람을 정면으로 맞이한다는 것이 쉽지 않았기 때문이다. 실러는 낯선 사람이 없는 곳에서 두세 명의 친구들과 술 마시는 것을 좋아했다. 그리고 그럴 때는 자기 밑에서 일하는 직공들까지도 멀리하곤 했다.

"왜 그렇게 비쌉니까?"

피고로프가 상냥하게 물었다.

"독일인이 하는 일이니까요."

실러는 턱을 만지작거리면서 쌀쌀맞게 말했다.

"러시아인이라면 아마 2루블에도 일을 할 것입니다."

"실례합니다만, 나는 당신이 마음에 듭니다. 당신과 서로 가까이 지내고 싶습니다. 50루블을 내겠습니다."

실러는 잠시 생각에 잠겼다. 그는 청렴한 독일인으로서 약간 부끄러워지는 것을 느꼈다. 그래서 그는 주문을 포기시킬 생각으로 2주일 이내에는 도저히 만들 수 없다고 말했다. 그러나 피고로프는 아무런 대꾸도 하지 않고 잘 알았다고만 말했다.

독일인은 잠시 자기가 만든 물건이 실제로 50루블의 가치가 있게 하려면 어떻게 만들어야 할지 생각에 잠겼다. 이때 금발의 여자가 작업실에 들어와서 커피 잔이 놓인 탁자를 치웠다. 중위는 실러가 생각에 잠겨 있는 틈을 타 여자에게 다가가서 여자의 손을 냉큼 거머쥐었다. 이것이 실러의 기분을 상하게 했다.

"메인 프라우!(독일어로 "그 여자는 내 마누라요!"라는 뜻이다_옮긴이)"

실러가 외쳤다.

"당신, 그 밖에 다른 용무는 없으세요?"

금발의 여자가 대답했다.

"부엌에 가 있어!"

금발의 여자가 나갔다.

"그럼 2주 후에 되는 거죠?"

피고로프가 말했다.

"그렇소, 2주일 뒤요."

생각에 잠기면서 실러가 대답했다.

"일이 많이 밀렸기 때문이오."

"안녕히 계십시오. 또 들르겠습니다."

"안녕히 가시오!"

그가 나가고 난 후 문을 닫으며 실러가 대답했다.

피로고프 중위는 이 독일 여자가 확실한 태도로 저항하고 있음에도 그 기대를 잃지 않으리라 마음먹었다. 자기의 호의와 빛나는 지위가 충분히 관심을 끌 만한 것이라고 생각하면 할수록 자기에게 반항한다는 것은 도저히 이해가 되지 않는 일이었다. 그러나 여기에서 밝혀 두지 않으면 안 될 것은, 실러의 마누라는 보기에는 꽤 아름다웠지만 실상은 바보스러운 점이 많다는 것이다. 하지만 아름다운 아내란 바보라는 것만으로도 충분히 매력적인 법이다.

자기 마누라가 바보인 것은 세상일에 닿지 않은 순수함 때문이라고 여기며 만족해하는 많은 남편들을 나는 알고 있다. 아름다움은 완전한 기적을 낳는 법이다. 아름다운 여자가 갖고 있는 모든 정신적인 결함은 혐오감을 일으키는 대신 어떤 묘한 매력을 불러일으킨다. 결함 그 자체도 아름다운 여자에게 있어서는 귀여움으로 보이는 경우가 있다. 그럼 여자가 아름답지 않다면? 그런 여자는 사랑받지 못할 경우 존경을 받기 위해서라도 남자보다 두세 배 현명하지 않으면 안 된다.

여하튼 실러의 아내는 우둔하기는 했지만 자기의 임무에 항상 충실한 편이었다. 그렇기 때문에 피로고프가 애를 써 봤지만 그의 계획을 성공시키는 것이 어려웠던 것이다. 그러나 어려운 일을 극복한다는 것은 언제나 즐거움이 따르게 마련이다. 그에게 금발의 여자는 하루하루 흥미 있는 존재가 되어 갔다. 그는 박차 만드는 것이 얼마나 진행되고 있는지를 보기 위해서라며 빈번하게 그곳을 찾아갔다.

마침내 박차가 완성되었다.

"아, 정말 훌륭하군요!"

피고로프 중위는 박차를 보면서 외쳤다.

"정말 잘 만들었어요! 아마 장군들도 이런 박차는 갖고 있지 않을 거요."

실러의 가슴에 기쁨이 용솟음쳤다. 그의 눈은 매우 즐거운 듯 빛났고, 그는 어느새 마음속으로 피고로프와 화해하기에 이르렀다.

'러시아 장교들은 현명한 사람들이야.'

그는 속으로 생각했다.

"그런데 말이죠, 당신은 자개 박는 일도 할 수 있겠죠? 예를 들어 단검이나 그 밖의 것에 말이오?"

"오, 물론이죠."

실러는 미소를 가득 담고 말했다.

"그럼 단검에다 자개를 박아 주시오. 나에게 아주 훌륭한 터키제 단검이 있는데, 그 무늬를 바꾸고 싶어서요."

실러는 이 말을 폭탄을 쥐듯이 받았다. 그의 이마에 깊은 주름이 잡혔다.

'이거 난처하게 되었는걸!'

그는 마음속으로 이렇게 생각하며 그 일을 맡은 것에 대해 스스로를 원망하고 있었다. 이제 와서 거절한다는 건 체면이 구겨지는 일이다. 더군다나 이 러시아 장교는 자기의 솜씨를 칭찬해 주기까지 했는데 말이다. 그는 두세 번 머리를 흔들면서도 일을 맡겠다고 동의했다. 그러나 피고로프가 나가면서 아름다운 금발의 여자 입술에 뻔뻔스럽게도 키스하는 것을 보고는 깊은 분노를 느끼게 되었다.

이쯤에서 나는 독자들에게 실러에 대해 간단하게나마 소개하려 한다. 나는 이것이 쓸모없는 일이라고는 생각지 않는다. 실러는 말 그대로 순수한 독일인이었다. 겨우 스무 살이 될 무렵부터, 러시아인 같으면 그럭저럭 '후후' 하며 살아갈 만한 행복한 시대지만 실러는 자기의 모든 생활을 엄격하게 관리하며 조금도 예외를 만들지 않았다. 일곱 시에 일어나서 두 시에 점심을 먹고, 매주 일요일에는 술을 마시기로 했다. 그리고 10년 동안 5만 루블의 자본을 만들겠다고 결심했는데, 이 결심이야말로 이미 결정된 운명처럼 확고한 것이었다. 왜냐하면 관리가 자기 상관집 수위실을 방문하는 걸 잊어버리는 일은 있어도, 독일인이 자기가 한 맹세를 잊는 일은 거의 없기 때문이다. 어떤 경우에도 그는 자기가 쓰는 비용을 늘리지 않았다.

예를 들어, 감자값이 평소보다 비싸지면 단돈 한 푼도 더 지출하지 않고 그 양을 줄여 버렸다. 그리하여 때로는 배고픈 것을 참아야 하는 때도 있었으나 그것도 곧 익숙해졌다. 그리고 그가 얼마나 깔끔한 성격인지는, 자기 아내에게 하루에 두 번 이상은 키스를 하지 않기로 정해 놓고, 무의식중에라도 입을 맞추는 일이 없도록 조심하고 있는 것을 보면 충분히 설명이 될 것이다. 또 수프에 단 한 번도 후춧가루를 한 숟가락 이상 넣는 일이 없었다. 하지만 일요일만은 이 규칙이 그리 엄하게 지켜지지 않았다. 왜냐하면 그날은 맥주 두 병에 스스로 항상 몸에 나쁘다고 여기는 회향풀이 들어간 보드카를 한 병이나 마시기 때문이었다. 그리고 술도 식사가 끝난 후 문에 자물쇠를 잠그고 혼자서 취하도록 마시는 영국인처럼 마시지는 않았다. 그뿐만 아니라 그는 독일인이라는 것에 언제나 감동해서 구두 수선공인 호프만이라든가, 역시 독일인으로서 엄청난 술고래인 목수 쿤츠 등과 마시는 것이었다.

이런 것들이 실러를 아주 난처한 지경에 이르게까지 만들었다. 그는 조용한 인물이었고 독일인이었지만, 피고로프의 행동에 대해서는 뭔가 이상한 질투 같은 것을 느끼게 된 것이다. 그는 이리저리 머리를 굴려 보았지만, 어떻게 해야 러시아 장교로부터 빠져나올 수 있는지를 생각해 낼 수가 없었다.

이런 와중에도 피로고프는 그의 여러 친구들이 있는 곳에서 파이프 담배를 피웠다. 장교들이 있는 곳에 파이프 담배가 있다는 것은 예전부터 알려진 일이다. 그는 즐거운 듯이 미소를 지으며 아름다운 독일 여자와의 연애 이야기를 지껄이고 있었다. 그의 말에 따르면 이 여자와는 이미 아주 친한 사이가 되었고, 이 여자를 자기가 불러들이는 일은 이제 불가능한 일도 아니라는 것이었다.

어느 날 그는 간판에 커피 주전자와 사모바르의 그림이 그려져 있는 실러의 집을 바라보면서 미샨스카야 거리를 걷고 있었다. 매우 기뻤던 일은 창가에서 길가는 사람들을 내려다보고 있는 금발의 여자를 발견한 것이었다. 그는 멈춰 서서 손을 흔들며 말했다.

"구텐 모르겐!"

금발의 여자도 아는 사람을 대하듯이 그에게 인사를 했다.

"남편께서는 집에 계십니까?"

"네, 집에 있어요."

그녀가 대답했다.

"그럼 남편은 언제 집에 없나요?"

"그는 일요일에는 집에 없답니다."

어리석은 금발 여자는 이렇게 말하고 말았다.

'이거야말로 듣던 중 반가운 얘기로군. 이 기회를 이용해야 해.'

다음 일요일에 그는 느닷없이 그녀 앞에 모습을 드러냈다. 정말로 실러는 집에 없었다. 아름다운 여주인은 깜짝 놀랐다. 그러나 피로고프는 상당히 조심하면서 안으로 들어섰다.

그는 꽤 진지한 얼굴로 인사를 하면서 자신의 부드럽고 잘 발달된 신체적인 아름다움을 드러내 보이고 있었다. 그는 꽤 유쾌하게 고상한 농담을 했지만 어리석은 독일 여자는 무슨 말을 해도 간단히 대꾸할 뿐이었다. 마침내 그는 어떤 것으로도 여자의 흥미를 끌 수 없다는 것을 알아채고 여자에게 춤을 청했다. 독일 여자는 곧 승낙했다. 왜냐하면 독일 여자들은 으레 춤을 즐기기 때문이다. 피고로프는 거기에 내심 큰 기대를 걸고 있었다. 첫째는 그럼으로써 여자에게 만족감을 줄 수 있었고, 둘째는 그의 몸매와 솜씨를 보여 줄 수 있고, 셋째는 춤을 추는 사이에 몸을 아주 가까이 밀착시켜 아름다운 독일 여자를 포용하여 일을 저지르고자 했던 것이다.

간단히 말해서 이것은 완전히 성공을 거두었다. 그는 독일 여자에게는 성급하게 보이면 안 된다는 것을 잘 알고 있었기 때문에 먼저 일종의 '가보트'를 낮은 소리로 부르기 시작했다. 아름다운 독일 여자는 방한가운데로 가서 고운 다리를 쳐들었다. 이 모습이 피고로프의 마음을 몹시 흔들어 놓았다. 여자에게 덤벼들어 키스를 하려고 했을 정도였다. 여자는 소리를 지를 뻔했는데, 이것이 또한 피고로프의 눈에는 한층 매력적으로 보였다. 그는 여자에게 소나기 같은 키스를 퍼부었다. 순간 문이 열리고, 실러가 호프만과 쿤츠를 데리고 들어왔다. 이들 훌륭한 직공들은 모두 거나하게 취해 있었다. 그러나 그 순간 실러의 화가 머리끝까지 치민 모습은 독자들의 상상에 맡기겠다.

"버릇없는 놈!"

그는 극도로 분노해서 말했다.

"내 마누라에게 입을 맞추었겠다? 비열한 놈 같으니, 뭐가 러시아 장교라는 거야? 귀신이 데려갈 놈. 이보게, 호프만? 나는 독일인이야! 러시아의 돼지새끼와는 다르지!"

호프만은 그렇다고 대답했다.

"아, 나는 짐승처럼 다루고 싶지 않아! 이보게 호프만, 그놈을 잡아 주게, 난 만지기도 싫네!"

그는 연신 손을 휘저으며 말을 계속했는데, 그때 그의 얼굴은 거의 그가 입고 있는 붉은 조끼와 같은 빛깔이었다.

"나는 페테르부르크에서 8년을 살고 있다. 슈바벤에는 어머니가 계시고, 뉘른베르크에는 큰아버지가 계시지. 나는 독일인이야, 나는 짐승이 아니란 말이다. 호프만, 놈을 붙들어 주게! 이봐 쿤츠, 자넨 손발을 잡아 주게!"

마침내 독일인들이 달려들어 피고로프의 손발을 잡았다.

피고로프는 빠져나오려고 안간힘을 써 봤지만 어쩔 도리가 없었다.

이 직공들은 페테르부르크의 독일인들 가운데서도 가장 힘이 센 사람들로, 그들은 지금 내가 정확하게 설명할 수 없을 만큼 난폭하고 무례하게 그를 다루었다.

나는 실러가 다음 날 심한 열에 들떠서 사시나무 떨듯이 떨며 경찰관이 찾아오기를 기다리고, 마치 어제의 일이 꿈이었으면 하고 빌었을 모습이 눈에 선하다. 그러나 지나간 일은 어쩔 수 없는 법이다. 피고로프의 분한 마음은 다른 어떤 것과도 비교할 수 없는 것이었다. 이 기막힌 굴욕을 생각하면 그의 마음속에는 그저 노여움만 이글댔다. 실러에 대해서는 시베리아 유형이나 태형도 가벼운 형벌이라고 생각했다. 옷을 갈아입고 경찰을 찾아가서 독일인 직공들의 폭행을 과장해서 고소해야겠다고 생각한 그는 집으로 달려갔다. 동시에 그는 참모본부에도 고소장을 제출해야겠다고 생각했다.

그러나 이 사건은 묘하게 끝을 맺고 있었다. 그는 돌아오는 도중에 제과점에 들러 큰 파이를 두 개 시켜 먹고 '북방의 꿀벌'인가 뭔가 하는 기사를 읽고 나왔는데, 그의 얼굴에서는 그다지 분노의 기색이 보이지 않았다. 더구나 그는 상쾌하고 시원한 저녁 공기에 이끌려 잠시 네프스키 거리를 거닐었다. 아홉 시가 가까워지자, 일요일에 경찰을 찾아간다는 것이 좋지 않은 일이라는 생각이 들었다. 그리고 그는 어느 감사위원회 의장의 집에 초대를 받아 그 집을 방문했다. 그곳에서 많은 관리들과 그의 연대 장교들이 즐겁고 유쾌한 회합을 하고 있었다. 그는 그곳에서 즐거운 저녁을 보내고, 귀부인들뿐 아니라 남자들까지도 유쾌해할 만큼 멋지게 마주르카 춤을 선보였다.

'세상이라는 것은 참 묘한 거야!'

나는 네프스키 거리를 거닐면서 지금 이 두 가지 사건을 회상했다.

'우리의 운명이란 것은 얼마나 기묘하게 우리를 조롱하는가! 우리는 언제쯤 욕심나는 물건을 손에 넣을 수 있는 것인가? 우리의 힘이 그것을 위해 준비되고 있다고 생각할 만한 것에 우리는 도달할 수 있을까? 모든 것이 반대 형태로 나타난다. 운명에 의해 가장 아름다운 말을 얻은 자는 말이 아름답다는 것조차 느끼지 못한 채 그것을 타고 다닌다. 그러나 비정상적인 말이라도 좋다는 다른 사람은 절름발이 말이 옆을 지나갈 때 그저 옆에서 혀를 차는 것으로 만족하며 걸어 다닌다. 어떤 자는 기술이 뛰어난 요리사를 고용하고 있으면서도 두 조각 이상은 넣을 수 없는 작은 입을 가지고 있다. 그런가 하면 참모본부의 아치와 같은 큰 입을 가지고 있으면서도 가엾게 독일식 감자 요리로 만족해야 하는 사람도 있다. 우리의 운명이란 것은 얼마나 기이하게 우리를 조롱하고 있는 것인가!'

그렇지만 무엇보다 이상한 것은 네프스키 거리에서 일어나는 사건들이다. 오, 절대 네프스키 거리를 믿지 말라! 나는 그곳을 지날 때는 외투로 몸을 꼭 감싸고 도중에 부닥치는 것들에는 일체 눈을 돌리지 않겠다고 다짐하고 있다. 모든 것이 허상이며, 모든 것이 꿈과 같다. 모든 것이 보기와는 다르다.

여러분은 훌륭한 코트를 입고 거리를 거니는 신사가 정말 부유하다고 생각하는가? 절대 그렇지 않다. 그에게는 외투가 그의 간판인 것이다. 여러분은 건축 중인 교회 앞에 서 있는 두 명의 뚱보가 건축물에 대해서 이야기하고 있다고 보는가? 역시 절대 그렇지 않다. 그들은 두 마리의 큰 까마귀가 서로 마주 보고 이상하게 앉아 있는 것에 대해서 이야기를 주고받고 있는 것이다. 여러분은 저기서 손까지 흔들어 대며 이야기하는데 열중하고 있는 사람이, 자기 아내가 자신이 전혀 알지 못하는 장교를 향해 창문에서 공을 던졌다는 이야기라도 하고 있다고 생각하는가? 그렇지 않다. 그는 라파예트 장군에 관한 이야기를 하고 있는 것이다. 여러분은 이들 숙녀들을……, 되도록 이 여자들을 절대 믿지 마라. 가능하면 상점의 진열장을 들여다보지 마라. 그 안에 진열된 물건들이 분명 아름답기는 하지만 실로 큰돈을 낭비하는 경우도 있으니까. 그리고 모자 아래로 숙녀의 얼굴을 훔쳐보는 일이 제발 없기를! 멀리서 아름다운 여자의 망토가 아무리 매혹적으로 펄럭이더라도 나는 흥미를 느끼고 그 뒤를 밟거나 하는 일은 하지 않는다. 가로등 밑을 피해서 제발 멀리, 가능한 한 걸음을 재촉해 그 옆을 지나 버리기를! 멋진 외투에 가로등의 냄새나는 기름이 묻지 않는 것만으로도 행복하다. 더군다나 가로등뿐만 아니라, 그 밖의 모든 것들이 허상에 가득 차 있다.

네프스키 거리는 언제나 사람들을 속인다. 그 가운데서도 저녁놀이

거리 구석구석까지 무겁게 내려앉아 집들의 흰 벽을 드러나게 할 무렵, 도시가 요란하게 울리는 소리와 반짝이는 불빛으로 넘쳐흐르고 무수히 많은 마차가 다리 쪽에서 몰려와 마부가 고함을 치며 말 위에서 뛰어내릴 때, 그리고 악마가 모든 것을 본래의 모습으로 보여 주기를 거부하고 스스로 램프의 불을 밝힐 때가 되면 네프스키 거리는 사람들을 더더욱 심하게 속인다.

외투 · 코

현실과 이상의 경계에서
러시아 사실주의 문학을 개척하다
– 니콜라이 고골의 〈외투〉

　　문학은 인류의 아름다움을 표현하는 수단인 동시에 당시의 사회상을 직 간접적으로 보여 주는 하나의 방편이 되어 왔습니다. 전 세계적으로 수많 은 문학 작품이 있고, 이러한 문학은 그 시기의 사조에 맞게 발전되어 왔 으며, 세계 문학사조의 정상에는 러시아 문학이 있습니다. 우선 17세기 고 전주의에서 비롯해 푸시킨과 레르몬토프 같은 작가들이 활동한 낭만주의 시대가 번성하고, 그 뒤를 이어 고골과 같은 자연학파 작가들이 차르 체제 아래서의 암울한 사회상을 잘 표현해 냈습니다. 고골의 이러한 노력은 후 에 도스토옙스키나 톨스토이 같은 작가들에게 큰 영향을 끼쳤습니다. 일 례로 도스토옙스키가 "우리는 모두 고골의《외투》에서 나왔다."라고 평 한 것은 잘 알려진 이야기입니다.

고골 문학 속의 풍자성과 해학성

1835년 고골은 창작에 대한 열망과 간절함을 담아 알렉산드르 푸시킨에게 편지를 보냅니다.

"제발 부탁드립니다. 뭔가 쓸 만한 소재를 주십시오. 풍자적이든, 아니든 상관없습니다. 다만 순수하게 러시아적인 이야기라면 좋습니다. 부디 쓸 거리를 주십시오. 지금이라도 당장 5막의 희극 대본을 만들어서 보여드리겠습니다."

러시아 비평가 파벨 안넨코프는 그의 문학 회상록에서 고골에게 직접 들었던 어떤 일화를 전해주고 있습니다. 가난했던 한 관리가 절약하고 절약하며 한 푼도 허투루 쓰지 않은 채 힘든 노동의 대가를 모아 그토록 염원하던 사냥용 총을 샀습니다. 그러나 첫 번째 사냥에서 그토록 애지중지하던 사냥 총을 잃어버리고 슬픔에 잠긴 채 병에 걸려 앓기 시작했다는 이야기였습니다. 이야기를 끝까지 듣던 고골은 잠시 깊은 생각에 잠기더니 이내 박장대소를 터뜨리며 웃었습니다. 우리가 잘 아는 소시민의 전형이자 가난한 관리의 대명사로 불리는 아까끼 아까끼예비치는 이렇게 탄생하게 되었습니다.

고골의 문학을 처음 접하는 독자들은 우선 그의 이야기 속에 등장하는 주인공들의 성격에 놀라게 됩니다. 그것은 제정 러시아의 수도인 페테르부르크에서 일하는 관리들이 정말 이토록 소심하고 단조로운 면을 지니고 있었는지를 생각하게 만들기 때문입니다. 고골의 고향은 우크라이나의 한 작은 시골 마을인데, 우크라이나의 목가적인 분위기가 담긴 초기 작품들과는 다르게 페테르부르크가 배경으로 등장하는 후기 작품들에서는 이러한 관리들의 삶을 잘 들여다볼 수 있습니다. 그러한 등장인물들은 작품에 희극적인 요소를 부여할 때가 많으며, 그들의 우스꽝스러운 면은 작가가 의도한 암울한 시대적 상황을 반어적으로 묘사하고 있습니다.

고골의 작품을 읽는 독자들은 먼저 권력층인 관리들의 소심함에 놀라게 되고, 이어서 작품의 기괴함에 놀라게 됩니다. 페테르부르크에 느닷없이 등장하는 관리 복장의 유령 이야기나 순식간에 없어진 코를 요술쟁이가 가져갔다고 생각하는 무관의 이야기, 그리고 몽유병에 걸린 것처럼 보이는 사랑에 빠진 젊은 화가의 이야기 등은 현실에서는 일어날 수 없는 이야기들을 그만의 독특한 이야기 전개 방식으로 풀어 나가고 있습니다.

작가가 등장시키는 소재는 바로 성적인 의미입니다. 한 가지 예로 아름다운 미녀와 그녀를 몰래 훔쳐보는 사나이는 〈외투〉나 〈코〉와 같은 작품에서 공통으로 찾아볼 수 있는 소재입니다. 그리고 상징적인 의미를 지닌 소재 역시 작품에 성적인 요소를 첨가시키는 하나의 요인으로 작용합니다. 코발로프 소령의 코는 남성으로서의 상징을 가리킨다고 할 수 있으며, 아카키 아카키에비치가 새 외투를 받은 날은 서류 정서를 하지 않고 오후 내내 침대에서 뒹굴었다는 이야기를 통해 우리는 고골이 만들어 내는 주인공들이 풍기는 미묘한 성적인 의미를 엿볼 수 있습니다. 희한한 사건들 속에서 느낄 수 있는 해학적인 이야기와 우스꽝스러운 결말이 성적인 요소와 가미되어 풍자적으로 보이는 것이 고골의 작품 세계라고 할 수 있습니다.

이미 언급했듯이 고골의 고향은 우크라이나의 작은 시골 마을입니다. 고골의 초기 작품들이 주로 농촌의 소박하고 서정적인 면을 많이 묘사하는 것은 그 때문입니다. 이후 페테르부르크 대학의 조교로 임명 되면서 고골은 페테르부르크에서 생활하게 됩니다. 화려한 수도의 외적인 모습과 달리 내적인 모습은 음침하고, 음탕하고, 어두운 면이 주를 이룬다고 생각한 작가는 차르 체제하에서의 암울한 페테르부르크 이야기를 글로 담기 시작합니다. 초기의 소박한 우크라이나 이야기와는 달리 후기는 주로 페테르부르크 같은 대도시를 소재로 한 작품들이 주를 이루고 있고, 자연학파만의 특이한 냉소와 비웃는 듯한 분위기가 돋보이는 부분이라고 할 수 있습니다.

각 작품을 통해 전해 주는 고골의 메시지

이 책의 첫 번째 이야기는 우리에게 너무도 잘 알려진 〈외투〉입니다. 가난한 관리의 비극적인 삶을 유머러스하면서도 기괴하게 묘사한 작품으로, 주인공 아카키 아카키에비치의 삶을 통해 소극적인 관리의 삶이 어떤 것인지를 보여 주고 있습니다. 러시아 문학 연구자 보리스 에이헨바움은 1918년에 발표한 논문 '고골의 〈외투〉는 어떻게 만들어졌는가'에서 다음과 같이 언급합니다.

"〈외투〉의 결말은 그로테스크적인 기괴함의 효과적인 대단원이면서 역시 고골이 창조해 낸 희극 〈검찰관〉의 침묵 장면과도 같은 것이다. 이 중편소설의 특별한 의미를 보았던 학자들은 예기치 못한, 또는 이해불가능한 낭만주의의 사실주의로의 도입 앞에서 어찌할 바를 몰라 걸음을 멈추고 있다. 그들에게 슬며시 방향을 제시해 주고 있는 것은 다름아닌 고골 자신이다."

두 번째 이야기는 〈코〉입니다. 고골의 작품에서 중요하게 여겨지는 키워드는 바로 코인데, 코는 신체의 일부만을 나타내는 것이 아니라, 남성의 성기를 간접적으로 묘사하고 있습니다. 밤사이 코를 잃어버린 관리의 애절함과 허탈함이 풍자적으로 드러난 작품으로, 당시 러시아 관리들이 어떤 삶을 살았고, 그들에게 진정 중요한 것은 무엇이었는가를 돌이켜볼 수 있게 해 줍니다. 한 가지 재미있는 것은 코를 나타내는 러시아어는 'HOC'인데 이 단어를 거꾸로 배열하면 꿈을 의미하는 'COH'이 된다는 것입니다. 주인공 코발로프 소령의 코가 감쪽같이 사라졌다가 마치 아무 일도 없었던 것처럼 돌아오는 것은 곧 그가 꿈을 꾸고 있었다고 설명할 수 있는 장면입니다.

마지막 이야기 〈네프스키 거리〉에서는 서로 다른 성격의 두 친구가 우연히 네프스키 거리에서 만나 헌팅을 하게 됩니다. 먼저 차분한 성격의 화가는 미모의 창녀를 따라가는데, 그녀에게 결혼하자고 고백했다가 거절당한 후 실연의 아픔을 이기지 못하고 마약을 일삼다 자살에 이르게 됩니다. 다른 한 친구는 바람둥이 기질이 있는 장교로, 결혼한 독일 여성에게 추파를 보내다가 그녀의 남편과 친구들에게 늘씬하게 얻어맞지만 죽음에 이르지 않고 다시 예전의 방탕한 생활로 돌아옵니다. 이 작품에서는 작가 고골이 바라본 인간의 운명에 관한 대목이 인상적입니다. 아무도 알 수 없는 운명에 대해 그는 모든 것이 허상이라고 강변합니다.

　러시아 민중의 희극적인 전통과 그 토양에서 생겨난 '저급'하지만 '긍정'적인 고골의 쓴웃음은 러시아 사실주의 문학이라는 장르를 이끌었고, 이 쓴웃음은 고골 작품의 가장 중요한 특성을 결정합니다. 작가의 내면적인 본성은 사회를 비판함과 동시에 독자들을 웃게 만들었습니다. 또한 고골의 웃음은 그의 시학과 언어적인 구조 자체에서 완벽하게 전개되며, 소시민들에 대한 풍자의 천재적인 대변자였던 고골의 작품 속에서 완성됩니다. 해학적인 고골의 중, 단편소설은 뚜르게네프, 도스토옙스키와 톨스토이로 이어지는 러시아 사실주의 문학의 흐름을 개척했다는 점에서 큰 의의를 갖고 있습니다.

1809년 우크라이나 폴타바시의 소로친치 마을에서 태어났다.

1818~1819년 폴타바시의 학교에서 초등교육을 받았다.

1820년 가브릴라 선생에게 교육을 받았다.

1821~1828년 네진 시의 김나지움에 입학해 고등교육을 받았는데, 이 시기에 그는 처음으로 문학과 연극을 접하게 됐다.

1828년 우크라이나를 떠나 페테르부르크로 이동했다.

1829년　첫 출판물인《간츠 큐헬리가르텐》을 발표하지만 여러 잡지사들의 심한 비평에 시달리면서 처음으로 작가로서의 쓰라린 아픔을 경험했다.

1829~1831년　약 2년 동안 내무성 관리로 근무하면서 상류 사회의 작가들과 만날 수 있는 기회를 얻었다.

1830년　플라토노프와 주코프스키를 알게 되고,《디칸키 근교 농촌 야화》1부를 출간했다.

1831년　푸슈킨을 알게 되고, 푸슈킨은 젊은 고골에게 언제나 격려를 해 주는 작가가 됐다.

1832년　《디칸키 근교 농촌 야화》2부를 출간했다.

1834년　페테르부르크 대학의 역사학 조교수로 일했다. 그는 세계사 과목을 강의했지만 열정에 비해 강의는 형편없었던 것으로 알려져 있다.

1835년　조교수직을 사임하면서 고골에게 가장 왕성한 창작 기간이 시작됐다.

1835년　단편 〈옛 기질의 지주들〉〈타라스 불리바〉〈비〉〈이반 이바노비치와 이반 니키포로비치가 싸운 이야기〉 등이 수록된 이야기집《미르고로드》와 〈초상화〉〈네프스키 거리〉〈광인 일기〉 등이 수록된《아라베스크》와 희곡 〈결혼〉〈검찰관〉을 발표하고《죽은 혼》의 집필에 들어갔다.

1836년　푸슈킨이 운영하는 잡지 〈동시대인〉에 〈마차〉와 〈코〉를 발표하고, 모스크바와 페테르부르크에서 희곡 〈검찰관〉으로 황제가 관람하는 가운데 첫 공연을 갖게 됐다.

1837년　푸슈킨이 단테스 남작과의 결투로 사망하자 고골은 큰 충격을 받았다.

1836~1839년　이탈리아 로마에서 지내면서《죽은 혼》을 계속 집필했다.

1840년　러시아로 돌아왔다.

1841년　다시 로마로 건너가 거주했다.

1841년　《죽은 혼》의 출판을 위해 러시아로 돌아왔다.

1842년　검열 당국과의 마찰 끝에 내용을 조금 수정해《죽은 혼》제1부를 출간했다.

1848년   방랑하듯 외국을 돌아다녔다.

1847년   《친구들과의 왕복 서한》을 출간했다. 예루살렘 성지 순례를 다녀오기도 하는 등 고골의 말년은 외국 생활이 주를 이루었다.

1848년   러시아로 돌아왔다.

1852년   집필 중이던 《죽은 혼》 제2부의 원고를 소각해 현재 여섯 장 (章)의 원고만 남아 있다.

1852년   2월 21일 새벽에 수많은 작품을 뒤로한 채 세상을 떠났다.

1909년   고골 탄생 100주년을 맞이해서 유해가 모스크바의 노보체비치 수도원으로 옮겨졌다.

옮긴이 오정석

조선대학교와 우크라이나 쉐브첸코 키예프 국립대학원에서 니콜라이 고골의 초기 작품과 러시아 문학사를 연구했다. 역서로는 《고골 단편선》, 알렉산드르 푸쉬킨 시집 《삶이 그대를 속일지라도》 등이 있다.

외투·코 고골 단편선

개정판 1쇄 펴낸 날 2021년 1월 10일

지 은 이   니콜라이 바실리예비치 고골
옮 긴 이   오정석
펴 낸 이   장영재
펴 낸 곳   (주)미르북컴퍼니
자 회 사   더스토리
전   화   02)3141-4421
팩   스   02)3141-4428
등   록   2012년 3월 16일(제313-2012-81호)
주   소   서울시 마포구 성미산로32길 12, 2층 (우 03983)
E-mail   sanhonjinju@naver.com
카   페   cafe.naver.com/mirbookcompany

* (주)미르북컴퍼니는 독자 여러분의 의견에 항상 귀 기울이고 있습니다.
* 파본은 책을 구입하신 서점에서 교환해 드립니다.

더클래식
—
세계문학
컬렉션

10 | **데미안** | 헤르만 헤세
노벨문학상 수상 작가 / 20세기 일대 센세이션을 일으킨 성장 소설의 고전
서울시 교육청 추천도서

11 | **그리스인 조르바** | 니코스 카잔차키스
미국대학위원회 선정 SAT 추천도서 / 한국간행물윤리위원회 선정추천도서
한국출판인회의 출판인이 선정한 100권의 도서

12 | **위대한 개츠비** | 프랜시스 스콧 피츠제럴드
〈타임〉지 선정 현대 100대 영문소설 / 어니스트 헤밍웨이가 인정한 완벽한 일급 작품
20세기 100대 영문소설 1위 / 미국대학위원회 선정 SAT 추천도서 / 뉴욕 공립도서관 추천도서
대한민국 명사 101인의 대표 추천작 / WTO 북클럽 추천도서

13 | **도리언 그레이의 초상** | 오스카 와일드
미국대학위원회 고교 추천도서 101 / 대한민국 명사 101의 대표 추천작

14 | **벨 아미** | 기 드 모파상
모파상의 가장 매력적이고 파격적인 작품 / 19세기 파리를 뒤흔든 파격 스캔들
2012년 개봉한 영화 〈벨 아미〉 원작

15 | **이상한 나라의 앨리스** | 루이스 캐럴
난센스와 판타지의 대표작 / 아카데미 '미술상' 수상한 영화의 원작
19세기 가장 유명한 영국 아동문학 작가

16 | **두 도시 이야기** | 찰스 디킨스
영국이 낳은 가장 위대한 소설가 / 영화 〈다크나이트〉의 모티프
미국대학위원회 선정 SAT 추천도서 / 서울시 교육청 선정 청소년 필독도서

17 | **햄릿** | 윌리엄 셰익스피어
대한민국 명사 101인의 대표 추천작 / 서울대학교 권장도서 100선 / 서울대학교 동서고전 200선
연세대학교 필독도서 / 미국대학위원회 선정 SAT 추천도서 / 국립중앙도서관 선정 청소년 권장도서

18 | **오페라의 유령** | 가스통 르루
4대 뮤지컬 〈오페라의 유령〉 원작 소설 / 프랑스 최고 추리소설 작가

19 | **1984** | 조지 오웰
〈타임〉지 선정 세상을 움직인 책 100권 / 〈텔레그라프〉지 완벽한 도서관을 위한 권장도서 100
세계 3대 디스토피아 미래 소설 / 〈가디언〉지 권장도서 / 뉴욕 공립도서관 추천도서
하버드 대학생이 가장 많이 산 책 1위

20 | **수레바퀴 아래서** | 헤르만 헤세
대한민국 명사 101인의 대표 추천작 / 헤르만 헤세의 사춘기 시절 경험을 바탕으로 한 자전적 소설
노벨문학상 수상 작가/ 국립중앙도서관 선정 청소년 권장도서

21 22 23 | 안나 카레니나 1〜3 | 레프 니콜라예비치 톨스토이

톨스토이 생애 최고의 리얼리즘 소설 / 서울대학교 권장도서 100선 / 서울대학교 동서고전 200선
연세대학교 필독도서 / 미국대학위원회 선정 SAT 추천도서 / 오프라 윈프리 북클럽 권장도서
논술 및 수능에 출제된 책(1998~2005)

24 | 오즈의 마법사 1 – 오즈의 위대한 마법사 | 라이먼 프랭크 바움

미국대학위원회 선정 SAT 추천도서 / 연세대학교 필독도서 / 국립중앙도서관 선정 우수 번역서

25 | 리어 왕 | 윌리엄 셰익스피어

대한민국 명사 101인의 대표 추천작 / 서울대학교 권장도서 100선 / 연세대학교 필독도서
미국대학위원회 선정 SAT 추천도서 / 〈가디언〉지 권장도서 / 세인트존스 대학교 권장도서
논술 및 수능에 출제된 책(1998~2005)

26 27 28 29 30 | 레 미제라블 1〜5 | 빅토르 위고

저명한 문학비평가들이 극찬한 세기의 걸작 / WTO 북클럽 추천도서
2013년 개봉한 영화 〈레 미제라블〉의 원작 / 전자책 베스트셀러 1위(2013)

31 | 월든 | 헨리 데이비드 소로

미국대학위원회 고교추천도서 101 / 미국대학위원회 선정 SAT 추천도서
박원순 서울시장이 선택한 책 50권

32 | 겨울 왕국(안데르센 단편선 1) | 한스 크리스티안 안데르센

어린이문학에 꽃을 피운 불멸의 작가 / 세계를 움직인 100권의 책 선정
노벨 연구소 선정 세계 100대 문학 작품

33 | 오만과 편견 | 제인 오스틴

서울대학교 동서고전 200선 / 연세대학교 필독도서 / 세인트존스 대학교 권장도서
〈텔레그라프〉지 완벽한 도서관을 위한 권장도서 100 / 〈가디언〉지 권장도서
미국대학위원회 선정 SAT 추천도서 / 국립중앙도서관 선정 청소년 권장도서

34 | 로미오와 줄리엣 | 윌리엄 셰익스피어

서울대학교 동서고전 200선 / 미국대학위원회 선정 SAT 추천도서
칼리지보드 선정 고교생 필독서 101권

35 | 바람이 분다 | 호리 다쓰오

미야자키 하야오의 애니메이션 영화 〈바람이 분다〉 원작

36 | 맥베스 | 윌리엄 셰익스피어

서울대학교 권장도서 100선 / 연세대학교 필독도서 / 미국대학위원회 선정 SAT 추천도서
국립중앙도서관 선정 청소년 권장도서

37 | 신곡 – 인페르노(지옥) | 단테 알리기에리

서울대학교 권장도서 100선 / 국립중앙도서관 선정 청소년 권장도서
미국대학위원회 선정 SAT 추천도서 / 〈뉴스위크〉지 선정 100대 명저

68 | **성냥팔이 소녀**(안데르센 단편선 2) | 한스 크리스티안 안데르센
SBS 드라마 〈신의 선물-14일〉 메인 테마 도서 / 어린이문학에 꽃을 피운 불멸의 작가

69 70 | **제인 에어 1~2** | 샬럿 브론테
150년간 사랑받은 로맨스 소설의 고전 / 미국 대학위원회 선정 SAT 추천도서
영국 〈가디언〉이 선정한 세계 100대 최고의 소설 / 연세대학교 권장도서
영국 BBC 조사 영국인들이 가장 사랑하는 소설 100선 / 현대 여성들이 가장 사랑하는 필독서

71 | **예수의 생애** | 찰스 디킨스
2014년 개봉 〈선 오브 갓〉 원작 / 종교철학자 헤겔의 사상을 만든 고전
대문호 찰스 디킨스의 숨은 명작

72 | **싯다르타** | 헤르만 헤세
대한민국 명사 시인 장석남이 강력 추천한 작품 / 출간과 동시에 10만 부가 넘게 팔린 역작
진정한 자아를 깨닫기 위해 늘 고민하던 헤르만 헤세의 자전적 소설

73 | **신곡-연옥** | 단테 알리기에리
서울대 권장도서 100선 / 미국대학위원회 선정 SAT 추천도서
국립중앙박물관 선정 청소년 권장도서 / 〈뉴스위크〉 선정 100대 명저

74 75 | **테스 1~2** | 토머스 하디
미국 영국 BBC 선정 영국인이 사랑한 책 100선 / 서울대 추천 고등학생 권장도서 100선

76 | **신데렐라**(샤를 페로 단편선) | 샤를 페로
프랑스 아동 문학의 아버지 / 영화 〈말레피센트〉원작

77 | **미녀와 야수**(보몽 단편선) | 잔 마리 르 프랭스 드 보몽
변신 모티프의 전형을 완성 / 미야자키 하야오와 디즈니 애니메이션 원작

78 79 80 | **웃는 남자 1~3** | 빅토르 위고
빅토르 위고가 최고로 자부한 걸작 / 출간 당시 전 유럽을 충격에 빠트린 문제작
뮤지컬, 영화 등 여러 매체로 알려진 〈웃는 남자〉의 원작
한국간행물윤리위원회 선정 청소년 권장도서(2007)

81 | **마담 보바리** | 귀스타브 플로베르
사실주의 문학의 거장 귀스타브 플로베르의 대표작 / 서울대학교 추천 도서 100선
외설적이라는 이유로 19세기 교황청 금서목록에 선정된 작품 / 〈뉴스위크〉지 선정 100대 명저

82 | **별**(도데 단편선 1) | 알퐁스 도데
자연주의와 인상주의의 절묘한 조화 / 서정적인 감수성과 아름다운 문체
부산시 교육청 선정 중학생 권장도서 / 포스코 교육재단 선정 중학생 필독도서

83 | **보이첵**(뷔히너 단편선) | 게오르그 뷔히너
세계 최초로 한국에서 뮤지컬화 된 〈보이첵〉의 원작
시대를 폭로하는 천재 작가의 현실감 넘치는 작품

* 더클래식 세계문학 컬렉션은 계속 출간될 예정입니다.